Borchfeldt / von Westernhagen

Mord in Mecklenburg

Originalausgabe – Erstdruck

Monika Borchfeldt /
Thilo von Westernhagen

Mord in Mecklenburg

Ostsee-Krimi

Schardt Verlag Oldenburg

Bibliografische Information *Der Deutschen Bibliothek*

Die Deutsche Bibliothek verzeichnet diese Publikation in *Der Deutschen Nationalbibliografie;* detaillierte bibliografische Daten sind im Internet über *http://dnb.ddb.de* abrufbar.

1. Auflage 2006

Schardt Verlag
Uhlhornsweg 99 A
26129 Oldenburg
Tel.: 0441-21779287
Fax: 0441-21779286
Email: schardtverlag@t-online.de
Herstellung: Fuldaer Verlagsanstalt

ISBN 3-89841-255-5

Kapitel 1

Seidelbast

(Daphne mezereum)

„Der Seidelbast heißt Daphne wegen seiner lorbeerartigen Blätter, mezereum deutet darauf hin, daß der Strauch giftig ist und tödlich wirkt.“

Luzie Krolow, Gartenzauber

Viola rannte.

Sie spürte die Zweige nicht, die ihr ins Gesicht schlugen, sie merkte nicht, daß ihr linker Fuß naß war, der Strumpf in dem Leder quatschte, sie kümmerte sich nicht um ihr schmutzverschmiertes Gesicht und bemerkte nicht den Schweiß, der ihr übers Gesicht rann.

Sie wollte nur weg, weg von hier, so schnell es ging.

Es war das Gräßlichste, was sie in ihrem Leben je erlebt hatte, und sie wußte, sie würde es nie wieder vergessen.

Eigentlich hatte der Tag schön begonnen. Sie hatte zwar wie immer Schwierigkeiten gehabt, wach zu werden, aber das vorfrühlingshafte Wetter beflügelte sie: der Ruf der Meisen, das ferne Krächzen der Kolkraben und ein Duft nach Erde, als könnte man hineinbeißen.

Plötzlich war ihre Gartenleidenschaft erwacht. Es juckte sie in den Fingern. Sie wollte raus in den Garten, endlich wieder in der Erde wühlen!

Aber dann kam ein Anruf von Anna. Anna Clementi, Malerin. Sie war wie immer in Geldsorgen. Warum mußte Anna das ihr, Viola, erzählen, die doch mit dem gleichen Problem kämpfte? Als ob sie ihr da etwas raten könnte! Aber darum ging es natürlich gar nicht. Anna brauchte einen Zuhörer. Es ging wieder einmal um ihr Gefühlsleben, besser um den neuen Mann. Oder die neue Frau? Ganz klar war das bei Anna nie.

Vielleicht konnte sie so sein, weil es ihr doch immer nur um sich ging. Sie waren sich früher immer einig gewesen über die Rolle der Frau, auch über das, was Frauen anders machen müßten, was man nach der Wende besser gestalten könnte.

Sie hatten sich 1989 in der deutschen Botschaft in Budapest kennengelernt und fanden einander sofort sympathisch. Das Leben im Westen lag vor ihnen wie ein See, der klar und kühl, unberührt und offen war.

Anna war dann nach Bonn gegangen und hatte ein Verhältnis mit einem Herrn von sowieso begonnen. Für Viola der typische Kotzbrocken. Natürlich mit den besten Manieren!

BWL-Student, schönes Auto (schwarzes Golf-Cabriolet), charmant, gutaussehend, aber eben doch Marke Kotzbrocken.

Viola selbst war immer angeeckt.

Sie konnte sich nicht so schnell in der neuen Konsumkultur zurechtfinden. Schon in der Schule hatte sie Ärger bekommen, als sie das „Schwerter zu Pflugscharen“-Abzeichen nicht ablegen wollte. Sie wurde damals von der Lehrerin vor die Klasse zitiert und bloßgestellt. Ursel Nagorsky, Deutsch und Russisch. Genannt „Stechschritt-Ursel“. Die Jungs in der Klasse hatten sie frei nach Goethe „Ursel mit dem kalten Loch, klingelt's nicht, so klappert's doch“ genannt.

Dabei wollte Viola alles andere als auffallen.

Mit ihrem Studium – Museologie – konnte sie in der neuen Bundesrepublik nicht viel anfangen. Ein paar Restaurierungsarbeiten hielten sie über Wasser. Die schöne Arbeit an einem Barockaltar in einer kleinen Dorfkirche brachte sie nach Mecklenburg. Und sie hatte sich sofort in die Landschaft verliebt.

Rapsfelder, weiter Himmel, Stille.

Sie kannte diese Stille nur aus den Ferien. Oben im Erzgebirge gab es diese geräuschlosen Tage, die nur manchmal vom Motorenlärm eines Flugzeugs gestört wurden. Oft war sie in Gedanken mitgeflogen, in den Süden, nach Italien ...

Mecklenburg würde ihre Heimat werden, das hatte sie beschlossen, als sie die kleine Kate am Waldrand fand. Vorsichtig und etwas halbherzig zunächst hatte sie sich des völlig verwilderten Gartens, der das Haus umgab, angenommen. Sie lernte, wie das Säen, das Pflanzen, das Berühren der Erde immer mehr zu ihr gehörten. Irgendwann hatte sie sich ein Geißblatt aus dem Wald geholt, das inzwischen schon meterhoch an der Hauswand emporkletterte. Der süße Duft der Blüten brachte etwas Fremdes, Südliches in die nördliche Kühle.

Viola hatte andere Pflanzen gefunden.

Aus Thüringen brachte sie sich Schlüsselblumen mit. Nicht die, die man hier an Gräben und auf feuchten Wiesen findet, mit der blassen Farbe, sondern die etwas kleinblütrigeren, aber deutlich gelber leuchtenden. Sie fand heraus, welche Pflanze wo am besten wuchs, wer sich mit wem vertrug. Einige genossen ihre besondere Zuneigung, andere waren fast in Vergessenheit geraten. Die Umgebung durchstreifend hatte sie sich Standorte angeschaut und gemerkt. In einer kleinen schwarzen Kladde führte sie genau Buch über ihre „Neueingänge", wie sie sie lakonisch bezeichnete.

Heute wollte sie Seidelbast!

Sie hatte ihn im Park von Schloß Eichhorst gefunden, vor zwei Jahren. Da war sie auf einem ihrer Erkundungstrips von dem Duft, wie vom Donner gerührt, zusammengezuckt. Wie war so etwas an einem kühlen Februartag möglich? Etwas, was sie nicht in sich kannte, etwas ganz tief Sitzendes, wurde in diesem Moment berührt.

Nun würde er sicher wieder seine unscheinbaren rosa Blüten zeigen, dieser kleine Busch, von dem sie glaubte, ihn nur in blühendem Zustand wiederfinden zu können.

Der englische Klappspaten, Gummistiefel und eine Plastikeinkaufstüte lagen im Kofferraum ihres klapprigen Volvo Variomatic bereit.

Nachdem sie ihr Auto in einer Feldeinfahrt unter Haselbüschen abgestellt hatte, eilte sie geduckt auf dem holprigen Feldsteinpflaster zu der Stelle des zwei Meter hohen Metallzauns, die vom Schloß nicht eingesehen werden konnte. Hier war das Loch, das ihr aufgefallen war, als sie damals beobachtet hatte, wie zwei Dorfjungen sich auf einer Räuberexkursion hindurchzwängten.

Eigentlich hatte sie sich diese Begebenheit nur gemerkt, weil sie an ihre eigenen Erfahrungen erinnert worden war. Sie kannte das Gefühl, den ganz speziellen Reiz, das Verbotene zu wagen aus ihrer eigenen Kindheit.

Wie oft war sie damals durch die kleine Pforte, zu der irgendein Kumpel einen Schlüssel besorgt hatte, in den Kirchturm eingestiegen. Der Geruch des warmen Holzes der Stiegen, dieser Staub- und Spinngewebsgeschmack, war ihr immer in Erinnerung geblieben. Man mußte sich auf den morschen Stufen ganz leicht machen und die losen Bretter kennen. Der Blick hinunter war unheimlich! Aber dann, wenn sie eines der schmalen Fenster erreicht hatte, und über die Dächer ihres thüringischen Heimatdorfes in die Weite blickte, war das ein Gefühl, als könne sie fliegen. Das Herzklopfen hatte kaum aufgehört, als manchmal, wie von Riesenhand betätigt, die Glocke anfing zu dröhnen.

Eigentlich wurde die Kirche nicht mehr genutzt, aber der verrückte Heinrich, ein Sohn des früheren Küsters, kam immer mal wieder auf die Idee, eine gar nicht mehr vorhandene Gemeinde zum Gottesdienst zusammenzurufen.

Wie gefangen hatte sie sich gefühlt zwischen dem Blauweiß des Himmels, der vom Geschrei der Mauersegler erfüllt war, und dem langsam sich entwickelnden Klang der Glocke, der immer dichter und regelmäßiger wurde, und endlich zu einem einzigen Gesang verschmolz.

Ob sie an Gott und den Himmel glauben sollte, wußte sie nicht. Aber bis heute hatte sie, wenn sie aufgeregt war, das Gefühl, ein Glockensingen zu hören, das sie an Chöre von Engeln erinnerte.

Nun stand sie vor dem Loch im Zaun, sie dachte an den Seidelbast und hörte den Glockenengelsgesang, gepaart mit dem Schlagen ihres Herzens. Sie warf den Spaten über den Zaun, bog die eine Seite des Metalldrahts nach vorn und schlängelte sich mit dem Kopf zuerst durch die Lücke, wobei ihr ein Drahtende die Stirn zerkratzte.

Der Engelsgesang tönte weiter, sie ergriff den Spaten und bewegte sich in die Richtung, in der sie den Seidelbast wußte. Wie sehr wünschte sie sich Blätter an die Bäume und Büsche! Warum mußte dieser vermaledeite Strauch so früh im Jahr blühen?

Sie hielt einen Moment inne.

Rechts von ihr erhob sich in einiger Entfernung der bizarre Backsteinbau des Schlosses. Mit seinen Türmen, Erkern und Bögen sah er aus, als sei er einem Ritterroman von Walter Scott entsprungen. Daneben der in neuer Zeit dazugebaute Schornstein mit Metalleiter und daneben graue Baracken.

Viola wußte, hier hatten zu DDR-Zeiten Debile und Geisteskranke eine Bleibe gehabt. Man munkelte auch von Republikfeinden, die hier in Verwahrung genommen worden waren. Nach der Wende hatte sich nicht allzuviel verändert. Auf dem Gelände, von Privat übernommen, fristeten einige Alte ihr Dasein. In der Stille des Parks hörte Viola eine Ziehharmonika. Es klang bizarr und ungeübt.

Viola schlich weiter.

Wenn sie den Weg um den Teich herum nähme, bliebe sie immer außer Sichtweite des Schlosses. Sie durchquerte ein Buchengehölz und übersprang einen kleinen Graben, der der Zulauf zum See zu sein schien. Sie spürte die Kraft und Geschmeidigkeit ihres Körpers. Alle Bewegungen waren selbstverständlich und leicht. Nun befand sie sich in der Deckung des wintergelben Schilfs, das sich wie ein Vorhang zwischen ihr und dem Schloß erhob.

Viola zuckte zusammen.

Mit lautem Geschnatter flog eine aufgescheuchte Stockente aus ihrer Deckung. Hoffentlich machte dieser Heidenkrach niemanden aufmerksam!

Jetzt hatte sie die Halbinsel erreicht.

Hier mußte die Stelle gewesen sein.

Und da vernahm sie ihn, diesen zarten, aber ganz gegenwärtigen Duft!

Der Seidelbast blühte!

Andere kauften diesen Strauch vielleicht im Gartencenter, was sie natürlich auch tun könnte. Aber sie wollte den wilden, hier gewachsenen, der heimisch war, und nicht mit Chemie und Dünger hochgepäppelt.

Da stand er!

Viola klappte den Spaten auseinander, taxierte die Entfernung zum Stämmchen und schob das Winterlaub beiseite.

Wie weich so ein Waldboden ist, dachte Viola, beinahe als wäre es Schokoladenkuchen.

Und dann plötzlich Hindernisse. Wurzeln von ihrem Seidelbast oder von einem nahen Baum. Sie erhöhte den Druck, stach kräftiger zu. Ihr scharfer englischer Klappspaten hatte sich immer gut bewährt.

Aber das, was sich ihr in den Weg stellte, war keine Baumwurzel.

Es war anders, größer, bot mehr Widerstand und wich auf eine eigenartige Weise aus.

Mit der rechten Hand versuchte sie, die immer wieder zurückfallende Erde zur Seite zu schieben. Sie faßte unter das Hindernis.

Das konnte keine Wurzel sein, aber was war es dann?

Mit beiden Händen wühlte Viola – und schrak zusammen.

Keine Wurzel, sie grub etwas anderes aus!

Viola dachte später oft über diese Situation nach. Warum sie nicht aufhörte zu wühlen. Aber sie hatte kein Bild zu fassen bekommen, da war nur das Graben, der Versuch, das nicht benennbare Hindernis zu entfernen.

Das Grauen kam später.

Sie hielt den Gegenstand mit beiden Händen umfaßt und zog daran. Als die Hand aus der Erde herausbrach, wußte sie, daß es eine Leiche war.

In diesem Moment war das Engelgetön weg.

Nur ein Rauschen und Klopfen war in ihren Ohren, in ihrem ganzen Körper. Sie beobachtete sich, wie sie ihre schmutzigen Hände vor ihr Gesicht hielt. Sie kamen ihr wie fremde Gliedmaßen vor.

Wie aus weiter Ferne sah sie, daß sie sich hinsetzte und einen Moment, der auch Minuten gedauert haben konnte, vor sich hin stierte.

Plötzlich sprang sie auf, wollte losrennen, da sah sie den glitzernden Gegenstand. Sie ließ ihn sofort, ohne zu überlegen, in ihrer Jeanstasche verschwinden.

Und dann rannte sie.

Stumm, verzweifelt, durch das Gebüsch, durch Gräben und moorige Wasserpfützen. Raus hier, weg von diesem Ort, hämmerte es in ihrem Kopf. Sie stolperte über einen dicken Ast, raffte sich sofort wieder auf.

Weiter, weiter, nichts wie weg von hier!

Sie zwängte sich durch den Zaun, wieder spürte sie die Drahtenden an ihrer Haut, und als sie sich erhob, stand er vor ihr.

„Bommbomm!“ Und dann lauter, aber flehend: „Bommbomm! Bommbomm!“

Viola hatte Angst! Da sah sie die Augen des Irren. Kinderaugen, die sie flehentlich um etwas baten.

Und sie verstand.

Sie kramte in der Tasche ihrer Wachstuchjacke und hielt in ihrer schmutzigen Hand ein Hustenbonbon.

Behutsam wurde es entgegengenommen, wie ein Schatz.

„Daanke, Frau, daanke!“

Ohne weiter zu reagieren, war Viola zu ihrem Auto gehastet.

Den Seidelbast hatte sie vergessen. Aber auch ihren Spaten.

Kapitel 2

Wildanemone

(Anemona pavonina)

„Ihren Namen haben sie vom griechischen anemos = Wind. Venus soll sie mit dem Blut ihres toten Geliebten Adonis rot gefärbt haben, der Wind die zarten Blütenblätter und Samen der Anemone mit sich tragen."

Marianne Beuchert, Symbolik der Pflanzen

„No, no, no! Basta cosi, Luca!! Weißt du eigentlich, daß Schubert einige Ouvertüren im italienischen Stil geschrieben hat, die leichter und italienischer klingen als die von Rossini?“

Franziska und ihr Freund Luca verließen den Ponte Vecchio und bogen in die Via por Santa Maria ein. Das Gedränge der Touristen, Straßenhändler, Portraitmaler und Büroangestellten bemerkte Franziska nicht. Wieder war sie mit Luca in eine dieser endlosen Diskussionen darüber verwickelt, ob nun die deutsche oder die italienische Musik höher zu bewerten sei. Franziska glühte, ihre braunen Augen unter den braunen Locken sprühten Funken. Luca, der ihre Aufmerksamkeit auf den Duft der frischgebackenen bomboloni lenkte, konnte sie dadurch nicht bremsen.

„Das Tolle ist Schuberts Weite. Er berührt den Himmel und steht doch fast in der Hölle. Das konnte vielleicht Dante, aber der ist ja nun mal kein Komponist!“

Luca legte beschwichtigend den Arm um Franzis Schulter. Sie spürte seine warme Haut durch die Seide ihrer Bluse und ließ ihn gewähren.

Nur noch schwach begehrte sie auf:

„Und Palestrina ist sowieso immer nur im Himmel!“

Sie hatten die Piazza della Signoria erreicht und standen unschlüssig da.

„Vieni, cara, laß uns zu deiner geliebten Santa Croce gehen!“

Luca hatte sie wieder einmal mit seiner Geduld zu fassen bekommen. Sie schmiegte sich an ihn und ließ sich den Borgo dei Grecchi hinabführen. Sie genoß es, von diesem blonden, zierlichen Mann geführt zu werden, der ihr immer wieder fremd war. Aber immer wieder war sie von seiner Zärtlichkeit bezaubert. Manchmal staunte sie, daß sie, die Sprachenstudentin aus Deutschland, mit diesem italienischen jungen Mann so gut zurecht kam. Die Tatsache, daß er erst Anfang zwanzig und somit fünf Jahre jünger als sie war, schien ihn überhaupt nicht zu stören. Und auch nicht ihr überschäumendes Temperament, das von seiner – allen Vorurteilen widersprechenden – unitalienischen Ruhe besänftigt und ausgeglichen wurde.

Franziska strich Luca über sein schulterlanges Haar.

„Laß uns rausfahren! Vielleicht blühen ja schon die Wildanemonen."

An einem Vorfrühlingstag wie heute hatte sie zum ersten Mal diese Blumenteppiche gesehen und den ganz zarten Duft, der nach dem Winterregen überraschend war, gerochen. Immer, wenn der Himmel sich zartblau öffnete, die Sonne in geschützten Winkeln ihre Kraft spüren ließ, hatte sie die Sehnsucht, aufs Land zu fahren, dieses erste Frühlingsahnen zu erleben.

Sie war Luca dankbar für seinen Vorschlag, aber sie wollte doch erst noch die von ihr so geliebte Kirche Santa Croce besuchen, das hatte sie sich jetzt in den Kopf gesetzt. Sie kannte ihre Lieblingsorte in diesem Land, die hatte sie sich erobert, und immer wieder wollte sie das auch bestätigt wissen.

Sie genoß die Nähe ihres Freundes, die Sicherheit, die von ihm ausging.

Wie diese Steine, die schon Jahrhunderte hier standen, rauh, aber dennoch zu wunderschönen Gebäuden geformt. Alles war, wie es war und sollte und durfte so sein: Luca hatte seinen festen Beruf in einer Bank in Mailand aufgegeben. Jetzt jobbte er und träumte von der Bluesmusik. Sein Schlagzeug wartete auf ihn.

Das Summen der Stadt, das Mopedgeknatter, die Stimmen der vielen Menschen, der Glockenton des Campanile hüllten sie ein in ein wohliges Gefühl. Sie näherten sich der Piazza Santa Croce, als Franziska aus ihren Gedanken aufschrak.

Die maskierten Gestalten, die Schreie, das Gerenne der Menschen erreichten sie wie in einem Traum. Sie wirkten unwirklich und jagten ihr Angst ein. Das rhythmisch skandierte Rufen einer Gruppe von Maskierten wurde immer lauter. Dann Sirenengeheul. Steine flogen. Rufe aus Megaphonen oder Lautsprechern. Sie sah die wie römische Krieger gepanzerten

Polizisten gegen die laut rufende Gruppe zum Teil vermummter Gestalten vormarschieren.

Sie spürte in ihrem Bauch die Aggressivität, die angst machende Gewalt.

Gegen ihre Übelkeit ankämpfend, klammerte sie sich an Luca, der endlich reagierte und sie mit sich zurückzog.

Um sie herum waren fliehende Jugendliche, denen die Angst im Gesicht stand, und Maskierte, die sich wie Schatten dazwischendrängten.

Hastig bogen sie in eine Seitengasse ein.

„Komm, cara Francesca!"

Im dunklen Eingangsraum einer kleinen Trattoria, in den die Geräusche der Straßenschlacht nur noch gedämpft hereinklangen, fanden sie sich wieder. Die schwarzgekleideten Kellner wirkten beruhigend, und sie nahmen Platz an einem der kleinen Tische. Sie sah die vielen Weinflaschen auf dem Sims, die ruhig essenden Gäste, überwiegend Angestellte aus den Büros und Geschäften der Umgebung, die hier ihr tägliches Mittagessen einnahmen. Der Duft von Gebratenem, Knoblauch und Olivenöl, das leise Gemurmel der Gäste und das Klirren der Bestecke, nur manchmal vom Zischen der Espressomaschine übertönt, gaben Franziska das Gefühl der Sicherheit zurück.

„Was war das, Luca? Was ist da los?"

Luca erzählte ihr von der Mülldeponie, die sich in der Nähe des Arno befand und die vergrößert werden sollte für eine Müllverbrennungsanlage. Und davon, daß die Emission der Schadstoffe nicht gemessen würde, weil sie, wie alle wußten, viel zu hoch sei.

„Und einige Menschen setzen sich, sicher zum Teil etwas chaotisch, dagegen zur Wehr. Nicht nur um ihrer selbst willen, sondern weil sie einen Traum haben. Einen Traum von einer Welt, die nicht von stinkenden Schornsteinen und der Gier nach Geld bestimmt wird."

Franziska aß die Vorspeise langsam, sie schmeckte jedem Bissen der crostini nach. Der kleine Schluck Rotwein, den sie in einer tönernen Karaffe serviert bekommen hatten, durchströmte sie mit seiner Wärme.

„Weißt du, Luca, daß da oben in Deutschland, wo ich oft war, auch so eine Mülldeponie ist? Man erzählt, sie soll die größte in Europa sein. Sie liegt genau an der Grenze der ehemaligen DDR, sie soll viel Geld – Devisen – gebracht haben. Ich weiß noch, daß Freunde aus Lübeck sich damals wahnsinnig aufregten, weil vielleicht das Grundwasser vergiftet worden war. Aber passiert ist dann doch nichts. Wahrscheinlich wird da immer noch viel Geld gemacht."

„Attenzione, die Pasta kommt!"

Luca schwärmte von den scharf gewürzten Spaghetti all'arrabiata. Franzi spürte die kleinen Schweißperlen, die sich auf ihrer Stirn bildeten. Schweigend aßen sie.

„Ganz in der Nähe von diesem überdimensionalen Müllhaufen habe ich zum ersten Mal Kraniche gesehen, nicht viele. Sie kamen später in der Jahreszeit als jetzt aus dem Süden, diese Riesenvögel mit ihrem schweren Flug, und ließen ihr Trompeten hören. Das klingt so, als würden sie das Ende des Winters einläuten. Und ganz weit klingt es, nach flachem, weiten Land, nach Meer und Wolken. Ich war in der Gegend oft bei meiner Tante Blanche zu Besuch, die sich nach dem Fall der Mauer ein Haus in Mecklenburg gekauft hat. Ich habe Tante Blanche viel zu verdanken, obwohl ich nie die Verpflichtung gespürt habe, mich um sie zu kümmern."

Luca, der Franziska noch selten von ihrer Vergangenheit hatte erzählen hören, forderte sie mit einem Blick auf, weiterzumachen.

„Einmal war ich im Winter dort. Ich habe noch genau den Geruch von den Kohleöfen in Erinnerung. Das ist dort der typische Wintergeruch. Fast alle Leute haben noch ihre Kachelöfen, die mit Briketts geheizt werden. Die Häuser haben noch

Schornsteine ... Aber am meisten hat mich die Weite beeindruckt.

Die Felder sind groß, und ich habe manchmal auf meinen Spaziergängen sehr darauf gewartet, wieder in ein Dorf zu gelangen. Zwischendrin findet man alte Steine, Steinsetzungen aus früher Zeit. Ich habe mal in einem Wald riesige Steinreihen und Kreise gefunden. Das sah aus wie ein kleineres Stonehenge. Aber ganz von Brombeeren überwuchert, vergessen und ein bißchen unheimlich."

Luca forderte sie auf, mehr von ihrer Familie zu erzählen.

„Wo kommt deine Tante her, was hat sie aufs Land getrieben?"

„Tante Blanche ist früh Witwe geworden. Sie hat dann in Hamburg das Geschäft weitergeführt. Es ging um Im- und Export. Und dann konnte sie plötzlich dieses Gutshaus kaufen, Luisental. Eine LPG war das früher. Alles, was Volkseigentum in der DDR gewesen war, wurde jetzt von der Treuhand, einer staatlichen Einrichtung, verkauft. Da waren viele, die ein Schnäppchen machen wollten. Und Spinner, die irgend etwas Verrücktes aufbauen wollten, zum Beispiel Château-Camping in einem völlig versumpften Gelände."

Viola mußte grinsen bei dem Gedanken, im Sumpf ein Zelt aufbauen zu wollen.

„Und dann gab es noch die, die dort geboren waren."

„Kam denn deine Tante von dort?"

„Ja, sie wurde in Luisental geboren, aber an viel hat sie sich nicht mehr erinnern können, weil sie bei Kriegsende in den Westen geflohen ist. Ich glaube nicht, daß es ihr weh getan hat, das Land zurückkaufen zu müssen. Sie sagte immer, das war eine andere Zeit und eine andere Politik. Luisental ist ein großes Haus, un palazzo, mit riesigen Scheunen und Ställen drumherum. Ein bißchen wie hier, weil vieles noch nicht fertig ist. Alle bauen und vergrößern ihr Haus und basteln ständig daran herum."

„Lebt denn deine Tante ganz allein dort?"

„Eigentlich ja, aber das große herrschaftliche Haus hat andere Verwandte herbeigelockt. Ich weiß, daß Onkel Rich, Richard von und zu Yckendorff, und seine gräßliche Ehefrau, Tante Sula, sofort aufgetaucht sind. Onkel Rich ist ein Sohn des Bruders von ‚Vati' – ich weiß nicht, wie er richtig heißt, so wurde er immer genannt –, also ‚Vati' war der Mann von Tante Blanche. Sie hat mir Fotos gezeigt. Ein hübscher Mann in Uniform, mit einem Oberlippenbärtchen. Dieser ‚Vati' ist im Krieg gefallen, als Soldat. Aber Tante Blanche hat nicht viel über die Vergangenheit erzählt, sie hat mir nur oft Fotoalben gezeigt und mich gefragt, wie mir die Gesichter gefallen."

Luca wollte mehr über Franziskas Familie wissen. Er spürte, daß sie selbst auf der Suche nach ihrem Standort war, auf der Suche danach, wieweit sie mit dieser Familie zu tun hatte.

„Eigentlich bin ich nur mit Tante Blanche verwandt. Ihre Mutter war auf Madagaskar geboren, sie hieß Daniele de Rochefort und war in erster Ehe mit Tante Blanches Vater verheiratet. Die Scheidung war damals ein großer Skandal. Meine Urgroßmutter, Daniele, trennte sich von dem wohlhabenden Kaufmann Johannes Blomstedt und ließ ihn mit seiner Tochter – Tante Blanche – allein. Sie hatte sich unsterblich in den Schauspieler Ruggiero di Talla verliebt und ist mit ihm durch ganz Europa gereist. Dann bekam meine Urgroßmutter ein Kind: Tante Blanches Halbschwester, meine Großmutter. Später starb Ruggiero an Krebs und der alte Blomstedt hat seine untreue Frau wieder aufgenommen. Deshalb weiß Tante Blanche das alles so genau. Sie hat mir auch Fotos von meinem Urgroßvater gezeigt, der immer eine Zigarettenspitze in der Hand hatte und helle Gamaschen trug."

Franzi hatte ihren Espresso ausgetrunken.

„Ich habe diesen köstlichen Kuchen in der Vitrine gesehen, was meinst du, Luca?"

Luca bestellte zwei dolci.

„Und warum bist du in Italien? Was fasziniert dich an diesem Land?“

Sie schien seine Gedanken gelesen zu haben.

„Jetzt denkst du, mein Ahne war ein Italiener. Aber Ruggiero di Talla war nur ein Künstlername, eigentlich hieß er Rudolf Schneider.

Ach, Luca, ich bin so richtig ins Erzählen gekommen, und dabei habe ich immer Tante Blanche vor Augen. Die müßtest du mal kennenlernen. Als sie das Haus in Luisental gerade gekauft hatte, lud sie mich dahin ein. Ich war mit der Schule fertig und neugierig, was dort los wäre. Es war unvorstellbar! Viele Zimmer in dem Haus waren voller Gerümpel. Es stank unerträglich. Diesen Geruch werde ich nie vergessen. Ganz chemisch war er. Die Wände waren pißgelb, klogrün und kackbraun gestrichen. Im Park standen lauter kleine Schuppen. Alles war mit einem feinen, gelben Aschestaub überzogen. Und überall dieses Gerümpel!

Auf den holprigen Straßen fuhren noch viele der kleinen Trabante und verpesteten die Luft. Später habe ich gehört, daß sie ‚Rennpappe‘ genannt wurden. Die Leute in der DDR hatten viele lustige Namen. Die kleinen Anhänger hießen auch ‚Klaufix‘. Vieles hat auf mich altmodisch gewirkt, auch die Sprache der Menschen. Es klang irgendwie deutscher. Es war ohne die im Westen üblichen amerikanischen Wörter auch mehr auf Form bedacht. Einmal bekam ich eine Postkarte, die mit ‚Werte Frau‘ anfing.“

„Va bene, aber so etwas gibt es bei uns auch. Da ist der Unterschied zwischen Stadt und Land oder zwischen Süden und Norden. Das ist ja ganz ...“

„Nein, Luca, in Deutschland ist das noch anders. Aber ich finde es schön, weil es ein neues Licht darauf wirft, wie man selbst ist, wie man spricht und sich benimmt. Dort ist vieles strenger, die Kinder einer Schulklasse gehen draußen auf der Straße ordentlich in einer Doppelreihe, alle grüßen – oder jedenfalls die meisten. Irgendwie mehr Form, aber auch spießiger.

Ich weiß gar nicht, wie sich das entwickelt hat in den letzten Jahren. Ich bin neugierig, ob es die Veilchen zwischen den Steinen an der Hausmauer in Luisental noch gibt. Daneben lagen rostige Autoteile und altes Holz. Für später aufbewahrt und dann vergessen.

Übrigens, caro mio, diese Kontraste haben für mich doch auch etwas italienisches. Wilde Müllkippen, und nicht weit davon Plätze, die vollständig von Menschen vergessen scheinen, kleine Paradiese voller Blumen und Schmetterlinge.

Ach, Luca, wie leicht kann so ein schöner Fleck zerstört werden, eine Blechdose am Wegrand macht das Ganze kaputt. Und wie ist das erst mit den großen Zerstörungen, den Müllbergen und Verbrennungsanlagen? Es geht ja wirklich nicht nur um ästhetische Ausgewogenheit, sondern um uns. Wir sind doch auch Teile der Natur. Ich verstehe die Leute, die auf der Straße rebellieren. Ich glaube, sie sind die Helden der Neuzeit."

Luca mochte sehr, wenn Franzi sich in ihren Zorn redete, er genoß ihre geröteten Wangen, das Leuchten ihrer Augen.

„Ich kann diese Geier nicht ausstehen", fuhr sie fort, „die immer hinter der Kohle her sind. Alles wird in Verkaufswert gemessen, und wenn etwas auf dem Markt nicht zählt, ist es uninteressant. Vielleicht sogar feindlich. Wie alte, braune Bananenschalen auf den sauber betonierten Gehsteigen. Man könnte ja ausrutschen. Da könnte ja das Lacktäschchen zerkratzt werden, die Boss-Jacke einen Fleck bekommen. Womöglich würde der Schweiß der Schrecksekunde die Mauer aus Parfüm durchbrechen – aber das darf nicht sein! Und außerdem, wäre das ungraziös – nein – uncool. Nichts darf die business-show stören!"

Etwas nachdenklicher fuhr sie fort: „Hubertus ist so. Hubertus von Yckendorff, er ist ein Neffe von Onkel Rich und Tante Sula. Seine Eltern sind bei einem Verkehrsunfall in Südfrankreich umgekommen. Er sieht gut aus, groß, immer sehr gut gekleidet, immer ist er charmant und formvollendet – aber oberflächlich. Immer überlegen tuend und hinter der Fassade – leer.

Aber das habe ich erst später gemerkt. Sogar im Bett schien er zu rechnen, mindestens zu taxieren. Ich hatte mich verliebt, vielleicht war es auch reizvoll, weil wir ja irgendwie verwandt waren ...“

Franziska biß sich auf die Lippe. Sie merkte, daß sie sich vergaloppiert hatte. Sie traute sich nicht, aufzublicken.

Wieviel lieber hätte sie Luca von ihrer Mutter erzählt, die sie kaum kannte. Sie war früh in ein Heim gesteckt worden, und dafür haßte sie ihre Mutter.

Vielleicht hatte sie die Einsamkeit dieses Hubertus berührt, sie, die selbst so einsam gewesen war.

Durch den Tränenschleier vor ihren Augen sah sie Lucas Hand auf der ihren.

„Komm, cara Francesca, laß uns gehen.“

Kapitel 3

Hohler Lerchensporn
(Corydalis cava)

„Der bekannteste Einwohner von Torisdorf heißt Corydalis cava. Dabei handelt es sich nicht etwa um den Inhaber eines griechischen Restaurants, sondern um ein Mohngewächs, das nirgendwo sonst in Mecklenburg-Vorpommern so häufig vorkommt wie in dem kleinen Dorf südöstlich von Schönberg. Corydalis Cava nennen die Botaniker den hohlen Lerchensporn.“

Ostseezeitung, 10.4.2002

Nachts hatte es geregnet. Aber jetzt riß die Wolkendecke auf, und die wärmende Frühlingssonne ließ die Pfützen blinken und die noch winterkahlen, nassen Äste der Bäume silbern aufleuchten. Von ihrer Freundin Anna hatte Viola erfahren, daß die Besitzer von Luisental an verschiedenen Bildern Restaurierungsarbeiten vornehmen lassen wollten. Das wäre doch etwas für sie, sie solle sich dort mal melden. Viola beschloß, die paar Kilometer nach Luisental mit dem Fahrrad zu fahren. Sie kannte eine schöne Strecke durch den Wald. Vielleicht würde das die wirren Gedanken vertreiben, die sie seit ihrem schrecklichen Erlebnis verfolgten.

Der Ruf der Buchfinken schallte durch den Wald, in dessen Unterholz sich erstes Grün zeigte. Hier hatte sie vor einigen Jahren den Hohlen Lerchensporn gefunden, der mit seinen zartvioletten Blüten den Boden bedeckte. Auch einige weiße waren darunter gewesen. Sie hielt Ausschau, ob sich schon einige Blumen zeigten, aber es war wohl noch zu früh in der Jahreszeit. Viola fuhr langsam, sie mußte Pfützen und matschige Stellen umfahren. Plötzlich schreckte das Geräusch eines Autos, das sich ziemlich schnell von hinten näherte, sie aus ihren Gedanken. Sie konnte gerade noch ausweichen, als der Gelände-Pickup sie auch schon überholte. Dabei bekam ihre helle Cordhose einige Schlammspritzer ab.

„Mist, blöder Kerl in deiner präpotenten Macho-Kiste!" schimpfte Viola. Gleichzeitig fühlte sie sich wehrlos, und ihr fröstelte.

Der Himmel hatte sich wieder zugezogen. Und wieder tauchte vor ihr das Bild der Hand auf, die aus der Erde brach, die sie mit dem Arm aus dem Grab zog. Auch war da noch der Ring, warum hatte sie den eingesteckt? Gehörte dieser goldene Schmuck mit dem blauen Stein zu der Leiche? Sie hatte das Gefühl, als sei sie eine Grabschänderin. Sie mußte dieses Schmuckstück wieder zurückbringen, die Ordnung wieder herstellen und ihren Spaten mitnehmen. So war sie am nächsten

Tag zurückgekehrt, auf dem selben Wege, und war erwischt worden.

„Was wolln Sie denn hier“, schnarrte eine Stimme hinter ihr, als sie sich gerade in das Unterholz links vom Teich schlich. Und dann in breitem Sächsisch: „Gönn sie nisch läsen? Es ist verboten, das Gelände zu betreten. Niemand hat Zutritt.“ Sie hätte über diese doppelte Formulierung beinahe lachen müssen, aber danach war ihr nicht zumute. Sie stammelte etwas von einer alten Tante, für die sie auf der Suche nach einem Platz im Heim sei, und sie hätte gedacht, sich doch hier erstmal umschauen zu wollen.

„Und warum waren Sie nicht angemeldet?“ Sie hatte etwas von Umgebung und Atmosphäre erkunden gemurmelt und sich dabei recht unwohl gefühlt und so, als sei ihr schlechtes Gewissen ihr auf die Stirn geschrieben. Ihr Gegenüber hatte sich als Leiter der Anstalt vorgestellt und sie aus seinen wimperlosen, kaltblauen Augen direkt und taxierend betrachtet. Aber er war auf ihre Ausflüchte eingegangen. Er lud sie ein, das Haus zu besichtigen. Dabei erklärte er, daß es demnächst geschlossen werden sollte, nur noch wenige Patienten seien hier. Sie hatten das bizarre Gebäude durch eine schwere Holztür betreten und waren in einen großen, mit dunklem Holz vertäfelten Raum gelangt. Sie nahm die Frage nach dem Zustand ihrer Tante kaum wahr. Durch eines der bunten Glasfenster, die die eine Seite des hohen Raumes begrenzten, blickte sie auf einen Nebenflügel des Gebäudes. Dessen Räume waren durch eine Zwischendecke unterteilt, so daß die unteren Hälften der Fenster die unteren, die oberen Hälften, die spitz zuliefen, die oberen Räume erhellten. Aber das in Beinhöhe. Und sie sah die Gitterstäbe vor den halben Fenstern.

Inzwischen war eine andere Person, welche die Oberschwester zu sein schien, dazugekommen. Über ihrem weißen Hosenanzug trug sie eine weiße Fellweste. Sie wurde Viola von dem Leiter als Ehefrau und erste Mitarbeiterin vorgestellt. Von weiteren Fragen nach ihrer angeblichen Tante wurde sie immer mehr verwirrt. Sie war erstaunt über das Interesse der beiden, da die Anstalt doch geschlossen werden sollte.

Ob die beiden Weißgekleideten etwas von der Existenz der Leiche im Park wußten? Hatten sie womöglich den Spaten gefunden? Es war überhaupt nicht daran zu denken, an den Ort zu gelangen, wo sie ihn verloren hatte.

Viola war froh gewesen, aus diesem unheimlichen Haus wieder herauszukommen. Die mechanische, immer freundlich scheinende Art der beiden und der muffige Geruch, der stark von Reinigungsmitteln überdeckt war, waren entsetzlich. Der Geruch hatte sie an ihre Schule erinnert. Gab es noch anderes Personal im Haus? Es mußten doch noch irgendwelche Menschen dort sein. Von den Patienten hatte sie nichts wahrgenommen. Nicht einmal die Ziehharmonika war zu hören. Nur das laute Ticken einer Standuhr in dem großen Raum. Wie merkwürdig die beiden sie angesehen hatten! Viola war überrascht, wie viele Wahrnehmungen ihr erst später bewußt wurden.

Was wußten diese Menschen? Konnte der kranke Mann, der von ihr das Bonbon bekommen hatte, etwas erzählt haben?

Sie hatte während der ganzen Dauer des Besuchs ihre Hand nicht von dem Ring gelassen, den sie in ihrer Jak- kentasche aufbewahrte. Wieder Zuhause, hatte sie ihn sofort in die kleine Schublade ihres Schreibsekretärs gelegt. Versteckt. Wie die Erinnerungsbilder, die sie loswerden wollte. Aber die konnten nicht ohne weiteres in eine Schublade gelegt werden. Sie kam überhaupt nicht auf die Idee, den Fund der Leiche zu melden, zur Polizei zu gehen. Ihr Eindringen in den abgesperrten Park und der Versuch, den Busch auszugraben, der möglicherweise unter Naturschutz stand, ließen sie auf eigenartige Weise erstarren. Ihr schlechtes Gewissen war mit dem Grauen über den schrecklichen Fund zu einem einzigen Wust von Angst verschmolzen. Sie fühlte sich bedroht. Bedroht von ihrer Furcht. So ohne weiteres verscharrt man keinen Toten im Park. Es konnte sich nur um ein Verbrechen handeln.

Wer war der Mörder, und wo war er jetzt?

Viola beschleunigte ihre Fahrt, sie nahm jetzt weniger Rücksicht auf die Pfützen, Schlamm spritzte, ihr wurde heiß, sie geriet immer mehr außer Atem. Mit einem Mal erstarrte sie. Kälte durchschüttelte sie. Der Geländewagen näherte sich. Es schien derselbe wie vorhin zu sein, sie erkannte sofort das aggressive Motorengeräusch. Sie wich aus, strauchelte. Der dunkelgrüne Pickup rauschte vorbei.

Viola stieg vom Rad und lehnte sich auf den Lenker. Sie hörte ihr Herz pochen, das kalte Metall des Fahrrads tat ihr gut. Langsam beruhigte sie sich. Sie schalt sich eine Hysterikerin, machte sich klar, daß sie nur auf dem Weg zu einem Haus war, in dem vielleicht ein neuer Job winkte. Mit diesem Ziel vor Augen fuhr sie weiter. Der Wald lichtete sich, der Weg war jetzt von uralten Kastanien gesäumt, hinter denen sich die Felder im ersten Grün der jungen Saat ausdehnten. Von hoch oben hörte sie den Gesang der Lerchen. Sie erreichte die ersten Häuser von Luisental. Hinter den Staketen blühten die letzten Schneeglöckchen und Winterlinge in ihrem vergehenden Gelb. Krokusse und erste Narzissen leuchteten auf der schwarzen Erde. Da war der Weg zu dem hell getünchten Gutshaus, das hinter alten Bäumen halb verborgen herausleuchtete. Als sie schon abgestiegen war und auf das Portal zugehen wollte, sah sie ihn – den dunkelgrünen Pickup. Er war neben dem Haus geparkt.

Sofort sprang Viola auf ihr Fahrrad und fuhr zurück, floh. So schnell wie möglich wollte sie verschwinden. Mit diesen Leuten wollte sie nichts zu tun haben. Sie wollte überhaupt nichts zu tun haben mit Aggressivität und Gewalt. Sie wollte nicht mehr an die Leiche denken, sie wollte ihre Erinnerung los werden. Aber das gelang ihr nicht.

Kapitel 4

Amaryllis

(Vallota purpurea)

„Die Amaryllis (Vallota purpurea) kennen wir von vielen Fenstern der ‚kleinen Leute' her, denen sie, bei unverrückbarem Stand am hellen Wohnzimmerfenster, jedes Jahr im Juni auf dem hohen Blütenschaft ihre schöne große Dolde roter Blumen bringt."

Elly Petersen, Das gelbe Gartenbuch

„... der Schiffer liebt das Segeln, der Ornithologe ... die ... Vögel.“ Immer wieder summte Hauptkommissar Klaus Peter Jakobsen diese Textzeilen zu der Melodie von Schuberts „Das Wandern“ aus der „Schönen Müllerin“. Er liebte diese Musik sehr und war ganz vernarrt in seine Aufnahme mit Fritz Wunderlich; er fand seine Neutextung nicht schlecht. Sie hämmerte sich in sein Gehirn. Es ging ihm oft so mit irgendwelchen, möglichst ein bißchen unanständigen Zeilen, daß sie sich über den Originalwortlaut legten. So wie damals „Sieh mal da, dort steht er, das ist doch der Herr Peter“ eine große Rolle gespielt hatte. Das war zu der Zeit, als er Marianne kennenlernte, die ihn sofort sexuell anzog. Sie war nicht das, was man eine Schönheit nennt, aber apart. Voller Wohlgefühl erinnerte er sich an den Duft und die Wärme ihrer Brüste, die er Marie und Anne genannt hatte. Und sie hatte im Gegenzug seiner Männlichkeit den Namen Peter verliehen. Und Herr Peter, wenn er sich regte und zeigte. Aus „... die li-hi-hinden Lüfte sind erwacht“ war die Sache mit Herrn Peter geworden. Sie hatte alle seine Vergleiche mit Engelsgeduld ertragen. Ihre Lustschreie hatte er mit Bussardmiauen verglichen. Daß er dann selbst beim Liebemachen den Ruf eines Auerhahns erschallen ließ, hatte sie auch nicht irritiert. Aber sie war zutiefst verletzt, als er ihr zum ersten Monatstag ihrer Beziehung eine Kassette mit Vogelstimmen überreichte, weil sie auf seine Frage nach dem Balzruf der Waldschnepfe keine Antwort geben konnte.

Jakobsen war ans Fenster getreten. In einem Tontopf, in den er aus einer Blechkanne ein wenig Wasser goß, schlummerte seine Amaryllis. Er liebte es, diese dicken Knollen einzupflanzen, zu beobachten, wie das erste Grün sich zeigte, und dann, innerhalb weniger Tage, der Schaft mit der Knospe emporschoß.

Plötzlich rannte er zu seinem Schreibtisch, griff seinen Feldstecher, rannte wieder ans Fenster. Er sah den Zug der Kraniche, die sich über die grauen Gebäude der Stadt zu ihren Zielen im Norden bewegten. Er öffnete das Fenster und glaubte, durch das Gebrause des Verkehrs den Ruf der großen Vögel zu vernehmen. Wie schön war diese Formation! Wie eigenartig! Wenn einer der Leitvögel aus der Ordnung fiel, setzte sich sofort ein anderer an die Spitze. Oft hatte er beobachtet, wie sich eine Formation von Zugvögeln, die auseinandergefallen war, wieder neu bildete. Das ging ganz friedlich zu, nach kurzer Aufregung war alles schnell wieder in Ordnung. Diese Art der „offenen Hierarchie“ imponierte Kommissar Klaus Jakobsen. Er hatte sich immer gewünscht, daß so etwas ein bißchen auch auf die Menschen übertragbar wäre.

Manchmal fühlte er in der Musik etwas, das ihn wie die Vogelfreiheit berührte. Er liebte Lieder. Wenn er seine historischen Aufnahmen mit Fritz Wunderlich, Frieda Leider, Peter Anders oder Elisabeth Grümmer hörte, öffnete sich der Himmel über ihm. Er hatte das Gefühl der Schwerelosigkeit. Die Töne umhüllten ihn wie die Luft die Flügel der Vögel.

Und sie verschwanden, wie auch die Kraniche jetzt hinter dem Turm des Doms und den hohen Dächern der Stadt verschwunden waren.

Das Telefon schrillte. Jakobsens Vorgesetzter, Dr. Brüsewitz, war dran. Die Kollegen aus der Kreisstadt forderten Hilfe an. Unter mysteriösen Umständen war eine Leiche gefunden worden.

Jakobsen schnappte sich seinen Mantel. Ohne anzuklopfen betrat er das Büro seines Mitarbeiters Henri Bluhm und stieß fast mit ihm zusammen.

„Können Sie nicht vorsichtiger ... Tschuldigung, Chef“.

„Es geht aufs Land, an die Ostsee. Die Kollegen aus der Kreisstadt brauchen Hilfe. Fährst du?“

Jakobsen warf seinem Untergebenen die Autoschlüssel zu, dessen Einverständnis voraussetzend. Vielleicht konnte er auf der Fahrt durch die Frühlingslandschaft noch ein paar Beobachtungen machen. Sein Fernglas hatte er eingesteckt. Es war ihm ein wesentlich wichtigerer Begleiter als seine Dienstwaffe.

Nachdem er seinem Mitarbeiter kurz das Ziel ihrer Fahrt auf der Karte gezeigt hatte, war er dankbar, daß der sich für die östliche Route auf der Nebenstrecke und nicht für die Bundesstraße entschied. Dösend ließ er die leicht hügelige Landschaft Mecklenburgs an sich vorbeiziehen. Kleine Ortschaften und Dörfer säumten den Weg. Immer wieder sah man in den Senken die spitzen Türme kleiner Dorfkirchen, die ansonsten von Hügeln verborgen blieben. Kommissar Jakobsen gab sich wieder seinen Betrachtungen hin. Vielleicht konnten sie ja die Kraniche wiederfinden. Die Richtung war ungefähr die ihre. Wie gut, daß Henri Bluhm nicht sprach, obwohl er sicher neugierig war.

„Halt mal eben an, Henri!"

Bluhm trat auf die Bremse, wobei er fast einen Auffahrunfall verursacht hätte, so fordernd war der Befehl Jakobsens gewesen.

„Die ersten Kiebitze! Ein Riesenschwarm, sicher fünfzig oder sechzig!"

Klaus Jakobsen hatte sein Fernglas vorm Gesicht und schien alles um sich herum vergessen zu haben.

Im weiteren Verlauf der Fahrt erzählte er seinem Mitarbeiter von dem Leichenfund, und daß die Kollegen ein Verbrechen für wahrscheinlich hielten.

Nach ungefähr einer Stunde erreichten sie Eichhorst. Den Weg zu dem im Wald versteckten Schloß hatten sie in dem einzigen Geschäft im Ort, das noch immer wie die Kaufhalle zu Ostzeiten aussah, erfragt. Eine schmale Kopfsteinpflasterstraße führte sie, vorbei an leeren, verfallenen LPG-Ställen, zum Portal des Schlosses, dessen Tore weit geöffnet waren. Bluhm parkte den Wagen neben den anderen Autos, direkt vor dem mit Türmen, Erkern und verschiedenen Fenstern abweisend wirkenden Backsteinbau. Eine Gruppe von Menschen stand abseits vor den Baracken. Von hier aus hatte man einen Blick weit in das Gelände des Parks hinein, der in einem leidlich gepflegten Zustand zu sein schien. Jakobsen staunte über die uralten Bäume, zwischen deren mächtigen Stämmen ein kleiner See in der Ferne blinkte. Jenseits ging die Parklandschaft in den Wald über.

„Schön, daß Sie hier sind. Immer noch am Beobachten?“

Thomas Wiegand und Jakobsen kannten und schätzten sich seit vielen Jahren. Wiegand tippte ihm leicht auf den Feldstecher. Er wußte von der Leidenschaft des Kommissars. Jakobsen ging über die Anspielung hinweg.

„Das ist Henri Bluhm, mein Fahrer.“

Dann begrüßte Jakobsen einen zierlichen Mann unbestimmten Alters. Er stellte sich als Dr. Brelowski, Leiter der Anstalt, vor. Er verwickelte den Kommissar sofort in ein Gespräch über den ordnungsgemäßen Zustand des Pflegeheimes. Jakobsen hörte kaum hin, er wunderte sich nur über den blütenweißen Kittel des Arztes, den er unter seinem karierten Jackett trug. Er wirkte eigenartig neben dem mit Gummistiefeln, Mütze und Parka bekleideten Polizisten aus der Kreisstadt, der von kräftiger Statur war.

„So, wo ist denn nun euer Fundstück?“ unterbrach Jakobsen den immer noch sprechenden Arzt, indem er sich an seinen Kollegen wandte.

Während die Männer sich vom Schloß in Richtung des Waldes durch den Park entfernten, dachte Jakobsen, daß so ein erfahrener Mann wie Thomas Wiegand sicher nicht ohne Grund die Kollegen von der Mordkommission hergebeten hätte.

Dieser schien seine Gedanken erraten zu haben.

„Also, Klaus, die Sache stinkt. Ohne die genaue Todesursache zu kennen, kann ich doch sagen, daß ein Gewaltverbrechen vorliegt.“

Sie bewegten sich zwischen Buchen und Eschen, deren dicke schwarze Knospen Jakobsen ins Auge fielen, in Richtung eines mit Buschwerk bewachsenen Platzes.

„Grünt die Esche vor der Eiche, finden wir ne tote Leiche“, summte der Kommissar leise zur Melodie von Schuberts „An den Mond“, aber so leise, daß niemand ihn verstehen konnte.

Der flache Graben, der nun ihren Weg kreuzte, wurde von Thomas Wiegand mit einer Leichtigkeit übersprungen, die man diesem etwas beleibten Mann nicht zugetraut hätte. Bluhm sprang sportlich hinterher. Der Doktor hatte sich etwas abseits in die Büsche geschlagen, er schien einen besseren Übergang zu kennen. Jakobsen machte einen Riesenschritt, und da ... krach ... spürte er schon den kühlen Lufthauch in seiner Hose. Er sollte doch lieber Hosenträger benutzen.

„Wie eiskalt wird mein Höschen ...“, intonierte er, diesmal auf Puccini, trotz seiner gesunkenen Laune.

Sie hatten die Stelle erreicht. Zwischen Erdklumpen, Blättern und Zweigen lag die Leiche.

„Wir haben sie wieder so hingelegt, wie sie wahrscheinlich in dem Loch vergraben war.“

Eigentlich sah man nur das von Erde und Schmutz verschmierte, ehemals weiße Nachthemd aus Leinen. Und das dreckverklebte, graue Haar, das aus dem aufgelösten Zopf oder Dutt über den Nacken quoll. Fast silbern leuchteten einige Haare zwischen dem dunklen Erdreich auf.

„Wir haben ... Die Spurensicherung und die Pathologen sind übrigens schon unterwegs.“

„Ich möchte mir die Tote – es ist ja wohl eine Frau – mal ansehen. Sie ist ja sowieso schon bewegt worden!“

Jakobsen faßte die Schulter, wollte den Kopf drehen, als er die Hand seines Kollegen spürte.

„Kein schöner Anblick“, sagte Thomas Wiegand.

Kommissar Jakobsen zögerte nur kurz, dann drehte er den Oberkörper der Leiche zur Seite. Was er sah, erfüllte ihn mit Grauen. Er blickte in kein Gesicht, sei es auch noch so durch Verwesung oder Schmutz entstellt. Er sah etwas, das wie die Maske des Todes auf ihn wirkte. Das, was einmal das Gesicht der Toten gewesen sein mochte, war nun eine unkenntliche schwärzliche Masse, aus der sich bleckend die Zähne und der Nasenknochen abhoben.

Jakobsen mußte gegen seine aufkommende Übelkeit ankämpfen, er ließ die Tote in ihre Position zurückgleiten.

„Säure oder Feuer?“

Das Bild des zerstörten Gesichts blieb. Später fiel ihm eine Zeichnung von Kubin zu einer Geschichte von E. A. Poe ein. Er hatte niemals geglaubt, so etwas sehen zu müssen. Obwohl er einiges gewöhnt war.

In diesem Augenblick trafen die Leute von der Spurensicherung ein. Kommissar Jakobsen entfernte sich von der Gruppe. Er drang tiefer in das Unterholz ein, immer noch das schreckliche Bild vor Augen. Als er auf den hohen Metallzaun stieß, wendete er sich nach links und folgte dem Verlauf des Zaunes, der jetzt nah am Ufer des Sees entlang führte. Stellenweise war er in dem immer noch hochstehenden Schilf kaum zu sehen.

Ein hervorragendes Revier für Zwergtaucher, mit dem dichten Bewuchs des Ufers, dachte Jakobsen. Dann stieß er auf das Loch im Zaun. Eigentlich hätte man es übersehen müssen, so verborgen war es durch das Gestrüpp. Aber irgend etwas war anders, eine kleine Unregelmäßigkeit nahm er wahr.

Da waren Zweige vor die aufgeschnittene Stelle gelegt worden. Eigentlich kaum zu sehen, aber die Form des Wuchses war ungewöhnlich. Die Zweige und Äste waren zum Teil auf dem Kopf angeordnet, so daß sich die Gabelungen nach unten richteten und sich die Zweige nach unten verjüngten. Klaus P. Jakobsen rührte nichts an – er würde die Spurensicherung später hierher schicken – und bewegte sich vorsichtig, immer dem Zaun folgend, weiter. Er war jetzt fast im Halbkreis um den See herum und näherte sich dem Portal, als er einen zweiten Durchschlupf in dem stabilen Zaun entdeckte. Er bückte sich, um das Loch, das offensichtlich mit gröberem Werkzeug hergestellt worden war, genauer zu untersuchen, als er ein Geräusch hörte.

Hinter ihm stand ein Mann mittleren Alters, der die Hand ausstreckte und ihn um etwas zu bitten schien.

„Was möchten Sie?“

„Du Puzei, weiß ich. Schöne Frau. Wald. Bommbomm. Bomm-bomm.“

Jakobsen ließ den Schwachsinnigen nach kurzem Zögern allein, um sich zur Gruppe seiner Kollegen zu begeben, aber die Worte gingen ihm nicht mehr aus dem Kopf.

Kapitel 5

Scilla

(Scilla bifolia L.)

„Blaustern, scilla bifolia L.,
... Im Allgemeinen blieb die Art jedoch auf Lustgärten des Adels, Liebhabergärten und Botanische Gärten beschränkt ...“

Heinz-Dieter Krausch, Kaiserkron und Päonien rot ...

Aus der Tiefe des großen Hauses hörte Viola gedämpft das Geräusch der Klingel. Sie hatte den kleinen, vornehmen Messingknopf betätigt, nachdem sie ein wenig verwirrt auf den Granitstufen des Herrenhauses gezögert hatte. Durch die Stille klang wie aus weiter Ferne durch die dicken Mauern des Hauses Hundegebell.

Nachdem sie wieder eine Tierarztrechnung zu bezahlen hatte und auch die neue Telefonabrechnung bevorstand, hatte sie sich an den Anruf von Anna erinnert. Sie hatte sich noch einmal auf den Weg nach Luisental gemacht. Wenn es denn vielleicht die Möglichkeit gab, etwas Geld zu verdienen, mußte sie sie wahrnehmen.

Nicht einmal ein Namensschild hat so ein Haus nötig, jeder hat zu wissen, wer hier wohnt, dachte Viola.

Da sprang mit lautem Knarren die große, schwere Eichentür auf.

„Ach, wie entzückend, daß Sie da sind! Wir haben Sie schon erwartet!“

Viola stellte sich kurz vor.

„Ja, meine Liebe, mein Mann hat mir von dem Telefonat erzählt. Wir wollen gerade den Tee zu uns nehmen. Bitte, kommen Sie doch herein!“

Viola folgte der Dame, die sie in die mit dunklem Eichenholz getäfelte Halle führte. Sie fühlte sich unsicher in ihren verwaschenen Jeans mit einem T-Shirt, über das sie eine Strickjacke gezogen hatte. Die dezente Eleganz, mit der ihre Gastgeberin gekleidet war, war ihr nicht vertraut. Seidenbluse mit Perlenkette, Trachtenjanker und Wollhose, dazu ein zarter Hauch von edlem Parfüm, die gepflegte Frisur, bei der jedes Haar an seinem Ort zu sein schien, machten sie schüchtern.

„Gehen Sie nur schon hinein, ich kümmere mich um den Tee.“

Sie stand allein in dem großen Raum, der an der Wand, die dem Eingang gegenüber lag, von einem riesigen Kamin beherrscht wurde, in dem ein helles Feuer loderte. An den Wänden hingen Jagdtrophäen, nicht nur aus Mitteleuropa, wie sie sofort feststellte.

„Ah, da sind Sie ja! Wunderbar. Ich bin Richard von Yckendorff, wie schön, daß Sie so schnell kommen konnten. Ich liebe diese spontane Art, wie sie den Künstlern nachgesagt wird. Aber, wollen Sie nicht Platz nehmen?“

Viola setzte sich vorsichtig auf eines der kleinen Louis-seize-Sesselchen. Während der Hausherr, der wie seine Frau elegant gekleidet war, ihr in lockerem Ton von der Landwirtschaft und den Problemen, die sie mit dem Wetter hätten, vom Um- und Ausbau des Hauses, der Schönheit der mecklenburgischen Landschaft und seiner Jagdleidenschaft erzählte, als wären sie schon lange gute Bekannte, dachte sie an ihre kranke Katze, ihr Auto, das sie wieder einmal im Stich gelassen hatte, und an die Rechnungen, die bald fällig würden.

„Haben Sie schon einmal einen Seeadler gesehen? Ich liebe es, wie diese kolossalen Tiere in der Thermik schweben, als wögen sie kein Gramm!“

„Ach ja, Rich, ich sehe, du hast dich um unseren jungen Gast gekümmert. Wir nehmen um diese Zeit immer unseren Tee. Sie trinken doch gern ein Tässchen mit uns? Dabei läßt sich immer so schön plaudern.“

Die Hausherrin stellte ein kleines Porzellanväschen mit Blausternen auf einem zierlichen Tischchen, auf dem einige in Silber gerahmte Fotos standen, ab.

„Herrlich, diese Scilla, der ganze Park ist in Blau getaucht. Man mag sie gar nicht anrühren, aber Blumen wollen gepflückt sein, sagte schon Tante Fridi immer.“

Auf einem riesigen Tablett balancierte eine korpulente Frau, die eine Angestellte zu sein schien, Geschirr und Silberkannen herein und stellte sie auf den mit Intarsien verzierten Tisch.

„Tante Nesi wird sicher auch gleich erscheinen. Sie braucht ja meistens eine Extraeinladung. Nehmen Sie auch Zucker oder Sahne – es ist die gute, frische Sahne, nicht diese schreckliche Kondensmilch, Frau – wie war doch gleich Ihr Name?“

Beinahe wäre Viola aufgestanden, um sich vorzustellen.

„Wegener, Viola Wegener.“

„Was für ein schöner Name. Ich kannte einen Tierarzt, Professor Hartwig Wegener in Göttingen. Eine Koryphäe auf seinem Gebiet, aber sonst schrecklich langweilig. Mit dem sind Sie doch sicher nicht verwandt?“

Ohne eine Antwort zu erwarten setzte die Hausherrin das Gespräch fort.

Mit lautem Gebell stürmte plötzlich ein großer Jagdhund in die Halle, gefolgt von einem wuscheligen, gelblichbraunen Tierchen. Viola konnte gerade noch ihre zarte Porzellantasse abstellen, wobei sie doch ein Paar Tropfen Tee verschüttete.

„Platz, Bobby! Geh auf deinen Platz!“ bellte der Hausherr. „Warum kann denn Nesi ihren Köter nicht zur Raison bringen? Ah, da bist du ja schon, Tante Agnes.“

Die zierliche, alte Dame, die den Raum betreten hatte, war Viola sofort sympathisch. Momentan war sie damit beschäftigt, ihr Hündchen zu beruhigen.

„Komm zu mir, Mixie! Komm auf meinen Schoß! Du bist doch viel zu klein für den großen Bobby!“

Dann erst bemerkte sie die Besucherin.

„Ach, wie schön, ein Gast! Ich wußte gar nicht, daß wir Gäste erwarten!“

Viola wurde mit dem Hinweis, daß sie die Ahnenbilder vielleicht restaurieren würde, vorgestellt.

„Ah, wie nett. Das wird mein kleines Gemixtes freuen, es sind auch einige hübsche Kollegen und Kolleginnen auf den Porträts! Die schauen oft intelligenter drein als ihre Herrchen!“

„Nun laß doch die liebe Frau Wagner, Tantchen! Sie haben uns noch nicht erzählt, wo Sie eigentlich leben in diesem gottverlassenen Landstrich.“

Viola beschrieb kurz ihr Häuschen am Waldrand und wie sie es zufällig gefunden hatte.

„Und da leben Sie ganz allein? Aber Sie haben sicher einen großen Hund!"

Viola sagte, daß sie allein lebte, wobei sie mit etwas schlechtem Gewissen die Existenz ihrer Katze verschwieg. Irgendwie schien ihr das nicht gemäß.

„Meine Hochachtung! Dann sind sie ja hart im Nehmen, junge Frau."

Diese Bemerkung des Hausherrn, die sicher ein Kompliment sein sollte, ließ Viola erröten. Sie fühlte sich mehr und mehr unbehaglich. Sie hatte nie gerne im Mittelpunkt gestanden. So war sie sichtlich erleichtert, als plötzlich ein junger Mann in Gummistiefeln, Jeans und Steppweste hereingestürmt kam, laut fluchend, ohne Viola zu bemerken.

„Dieser Dornfeld, dieses Arschloch, hat schon wieder meine Zaunpfähle geklaut. Wie kommt so ein blöder Angestellter dazu, sich ständig was rauszunehmen?"

„Ach, Hubsi, laß doch unseren jungen Verwalter sich erst einmal die Hörner abstoßen!"

Frau von Yckendorff beruhigte den Neuankömmling. Sie stellte ihn Viola als ihren Neffen Hubertus von Yckendorff vor. Viola fand, daß er gut aussah, sportlich, und nicht unelegant, trotz seiner Freizeitkleidung. Aber sie fand seine Art unmöglich, sich weiter schimpfend auf den Sessel zu werfen und die langen Beine weit von sich zu strecken. Ebenso unmöglich fand sie seine Blicke, mit denen er sie musterte. Aber als er dann von den Plänen erfuhr, die Ahnenbilder wiederherzustellen, war er sichtlich begeistert. Sie könnte sich doch noch die anderen Gemälde vornehmen, und am besten sollte sie doch gleich hier im Hause wohnen.

Viola war erleichtert, als die alte Dame, die Tante Nesi genannt wurde, sie aufforderte, mit ihr einen Rundgang durch den Park zu machen. Sie verabschiedete sich von den anderen, nachdem sie sich noch kurz mit der Hausherrin besprochen hatte, zu einem späteren Termin den genauen Umfang der Arbeit und die finanziellen Konditionen zu klären.

Über die rückwärtig gelegene Terrasse gelangten sie auf einen Rasenplatz, der von riesigen alten Bäumen gesäumt war, an deren unteren Ästen sich schon ein erstes Grün zeigte. Und zwischen den schwarzen Stämmen leuchteten in dem zarten, jungen Grün des Grases Hunderte, nein, Tausende von Blausternen, die milde von der tiefstehenden Sonne beleuchtet wurden.

„Das ist schön! Als ob die Blumen selber strahlen! Finden sie nicht auch, Frau Baronin?“

Die alte Dame setzte ihren Hund, den sie bisher im Arm gehalten hatte, auf den Boden und faßte Violas Arm.

„Nennen Sie mich Tante Agnes, Kindchen. Wir waren im Baltikum immer sehr familiär. Man war ja so froh, wenn einmal Besuch kam. Die großen Entfernungen zu den anderen Häusern ... Aber immer wieder kamen die Familien zusammen, immer gab es einen Grund zum Feiern.“

Viola dachte wieder, wie sympathisch ihr diese alte, zerbrechlich erscheinende Frau war, wie eigenartig ihr rollendes „R“ ihre Sprache färbte; zugleich war sie überrascht von dem vertraulichen Ton des Gespräches.

„Dieser Hubsi ist doch ein gutaussehender Junge, nicht wahr? Er sieht meinem Bruder, seinem Großonkel, gar nicht unähnlich. Aber die Augen hat er von der mütterlichen Linie ... Aber erzählen Sie mir von Ihrer Familie. Sie kommen doch sicher nicht von hier! Ach, Sie sind ein Kind der Ostzone? ... Aber Sie haben doch hoffentlich keine kommunistischen Gedanken mehr! Nein, wie schrecklich, immer gefangen gewesen zu sein! Aber die Uniformen waren sehr hübsch, es gab doch auch so einen BDM, aber es hieß wohl anders. Wenn der Hitler und der Stalin uns nicht rausgeworfen hätten, wären wir sicher noch in Kurland. Sehn Sie, Kindchen, dort waren die Felder so groß, nur eine Frucht, soweit das Auge reichte.“

Die alte Dame machte sie auf verschiedene Pflanzen und Bäume im Park aufmerksam, und Viola genoß die wunderschöne Abendstimmung.

„Vor wenigen Tagen hat hier noch der Seidelbast geblüht, was ist das für ein bezaubernder Duft."

Viola hatte plötzlich das Bild von der Leiche im Wald vor Augen und fühlte wieder die Furcht kalt von ihr Besitz ergreifen. In der Zeitung hatte sie gelesen, daß von einem Gewaltverbrechen auszugehen war.

Sie hatten die verfallenen Mauern eines ehemaligen Gewächshauses erreicht. In einer Ritze der Steinstufen blühte ein Büschel Veilchen, das Viola gerührt betrachtete.

„Das hier ist mein Reich, meine Liebe, hierhin ziehe ich mich zurück, um meine Pflänzchen und Samen zu pflegen. Ein bißchen unordentlich ist es schon ... Aber sehn Sie, hier habe ich ein paar Ableger für Sie. Sie haben doch sicher einen Garten? In Kurland haben wir immer Pflanzen getauscht wie andere ihre Briefmarken."

Viola, die immer noch an das Verbrechen dachte und daran, daß sie den Ring dort gefunden hatte und ihn noch besaß, bedankte sich flüchtig und verabschiedete sich schnell.

Kapitel 6

Narzissen

(Narcissus)

„Der Prophet Mohammed sagt: ‚Wenn du zwei Brote hast, so verkaufe eines und kaufe dir dafür Narzissen, denn das Brot nährt einen Körper, die Narzissen aber nähren deine Seele.‘“

Marianne Beuchert, Symbolik der Pflanzen

„Hat's Ihnen geschmeckt? Möchten die Herren vielleicht noch einen Nachtisch?"

„Danke, sehr gut, ich hätte gern noch einen Kaffee, und wie ist es mit dir, Henri?"

Kommissar Jakobsen und sein Assistent saßen im Dorfkrug. Lagebesprechung.

Das Bier war zu warm und der Braten zu fett.

„Irgendwie riecht's hier komisch!"

Jakobsen dachte an seinen letzten Hausarztbesuch, an seinen Cholesterinspiegel und an seine Leberwerte. Eigentlich sollte er Streß vermeiden, nun hatte er das Gefühl, doch Streß zu haben. Sie kamen überhaupt nicht weiter in ihrer Ermittlung.

„Hast du in der Umgebung etwas erfahren, was uns weiterbringt, Henri?"

„Chef, ich weiß es nicht. Also, ich habe beim Bürgermeister angefangen, die Pastorin besucht, überall rumgefragt. Keiner scheint jemanden zu vermissen. Wissen Sie, Chef, ich glaube ..."

„Findest du nicht, daß es hier irgendwie komisch riecht?"

„Chef, aber ..."

„Ich glaube, ich kenne den Geruch!"

„Wieso, Chef? Was soll denn das jetzt?"

„Sag mal, Henri, wo hast du dich heute rumgetrieben?"

„Ich habe einen komischen Eindruck von der Gegend, Chef. Die Leute scheinen voneinander überhaupt nichts wissen zu wollen."

„Naja, Henri, ehemaliges Sperrgebiet ..."

Henri wußte, daß der Kommissar den Streifen an der ehemaligen Grenze meinte, den auch sie früher nur schwer besuchen konnten. Ein erweiterter Schutzstreifen vor dem antikapitalistischen Grenzwall.

„Nein, Chef, das ist es nicht ... Dieses Schweigen ist anders. Es hat nichts mit den alten Strukturen zu tun. Jeder kümmert sich nur um seine eigenen Sachen. Die scheinen nicht mal zu wissen, wie es denen im Nachbarhaus geht."

„Glaubst du, daß das in Osnabrück so anders ist? Was glaubst du? Mein kleiner Bruder ist Lehrer in Osnabrück und wohnt in einem kleinen, netten Neubaugebiet, wo ein Haus dem anderen gleicht. Glaubst du, daß der weiß, wie sein Nachbar heißt, geschweige denn welche Haarfarbe er hat? Die Hecken um die Gärten sind höher als die Berliner Mauer ... Und abends Schlag sechs gehen – ratsch – die Rolläden runter. Aber findest du denn nicht auch, daß es komisch riecht?"

Henri Bluhm erzählte von seinen Besuchen. Erst war er bei den Grafen von Güstrow gewesen. Die kamen ihm irgendwie wichtig vor. Vielleicht wußten die etwas.

Henri traute seinen Augen nicht. Nachdem er aus dem Schatten des Torhauses über die gepflasterte Einfahrt auf das Gutshaus zufuhr, war er umgeben von einem Meer gelber Blüten. Die Rasenflächen vor dem weißgetünchten Herrenhaus, das von zwei riesigen Scheunen flankiert wurde, waren übersät von tausenden von Narzissen in allen möglichen Gelbtönen. Er meinte den süßen, schweren Duft sogar im Autoinneren zu riechen. Er parkte sein Auto und stieg aus, als plötzlich zwei riesige Hunde auf ihn zugestürmt kamen. Ein hellbraunes Ungeheuer mit der Figur eines Löwen und dem Maul eines Boxers, aber dreimal so groß, gefolgt von einem schwarzen Monster, das der Teufel persönlich zu sein schien, umkreisten ihn laut bellend.

Jetzt bin ich verhaftet, dachte Henri Bluhm. Aber die Rettung nahte: Eine Frau, zirka 1.80 Meter groß, fast genauso breit, mit schlohweißem Haar und wallenden Leinenkleidern, ein Zigarillo im Mundwinkel, kam den Monstern hinterhergedampft:

„Aus, Platz! Tarzan, Isolde, benehmt euch gefälligst! – Suchen Sie jemanden, junger Mann? Haben Sie nicht eine Süßigkeit für die beiden Prachtexemplare?"

Jedenfalls hatte er sich sehr schnell mit der Gräfin und den Hunden angefreundet. Aber erfahren hatte er nichts.

Nächster Stop: der Biohof der Familie Puter.

Nach der gepflegten Anlage der Familie von Güstrow schien er in das reinste Chaos geraten zu sein. Durch Türme von Holzkisten, die vollgestopft waren mit kleinen Pflanzen, den Rübenbergen und Kaninchenställen mit labyrinthischen Verbindungsgängen, Verkaufstischen mit aufgestapelten Honiggläsern und Biosaftflaschen, bahnte er sich seinen Weg zum Eingang. Keine Klingel. Ach ja, da war er, ein Drehknopf. Selbst die Klingel ökologisch. Aber schön klingt sie nicht, ziemlich heiser!

Die verschlafen dreinblickende junge Frau mit Rasterlokken und einem schmuddeligen Wollkleid guckte ihn fragend an. Auf seine Frage, ob sie in den letzten Tagen etwas Komisches bemerkt hatte, fing sie an, von den Veränderungen des Wetters zu erzählen. Sie sprach von Planetenstellungen, Mondknoten und ungünstigen Konstellationen.

Volltreffer, dachte er, wenn das das einzige ist, was ihr aufgefallen ist, Volltreffer! Aber er kaufte ein Stück von dem selbstgebackenen Brot mit Frischkäse. Dies schmeckte ihm. Es war kräftig und ehrlich. Nachdem er noch die bunten Federkleider der vielen Hühner, die überall herumliefen, bewundert hatte, verabschiedete er sich.

Die Pastorin hatte von dem Dorfchronisten erzählt, einem uralten Mann, der wohl alle und jeden kannte. Sein Haus befand sich am Ende des Weges nach Eichhorst. Henri Bluhm fuhr langsam die unbefestigte Straße entlang, die leicht ansteigend in südliche Richtung führte. Die helle Frühlingssonne ließ ihn blinzeln. Schön sah alles aus. Die Häuser und Vorgärten mit ihren Frühlingsblumen waren in ein fröhliches Licht getaucht. Die Fenster und Chromteile der Autos blitzten und blinkten. Henri mußte niesen. Diese verdammte Sonnenallergie, dachte er, immer, wenn die Sonne mir auf den Zinken scheint, muß ich niesen!

Henri fand sich plötzlich in einer Kastanienallee auf freiem Feld wieder. Das gesuchte Haus mußte er wohl übersehen haben. Er fuhr in eine Feldeinfahrt, um zu wenden, und würgte beinahe den Motor ab. Was ist denn das? dachte er. Fünf Tiere, so groß wie Klaviere, kamen auf ihn zu. Das mußten Wildschweine sein. Na, ein Auto würden sie wohl nicht angreifen. Nun bogen sie auch ab und trollten sich über den sonnenüberfluteten Acker davon. Also, zurück ins Dorf.

Jetzt sah er das Haus. Links auf einer Anhöhe gelegen, von Tannen, Eiben und noch kahlen Laubbäumen fast gänzlich verdeckt, erahnte er mehr, als daß er das kleine villenähnliche Backsteinhaus sah, welches ihm die Pastorin beschrieben hatte. Henri parkte den Dienstwagen unterhalb der immergrünen Hecke, die das Haus umgab. Beim Aussteigen holte er sich einen nassen linken Fuß in einer der vielen Pfützen. Landleben, dachte er. Nach einigem Suchen hatte er das schmiedeeiserne Tor, das völlig von Rankgewächsen überwuchert war, gefunden.

Das Haus wirkte verlassen. Er legte die Hand auf die Klinke und erstarrte. Ein giftgelbes Ungeheuer fauchte ihn an, seine grünen Augen schienen Funken zu sprühen. Nach einer kurzen Schrecksekunde bat Henri den riesigen gelben Kater, der auf der Torbrüstung thronte, höflich um Einlaß. Vorsichtig öffnete er das Tor, das in den Angeln quietschte, die Katze immer argwöhnisch aus den Augenwinkeln beobachtend.

Eine eigenartige Atmosphäre lastete auf dem Anwesen. Er konnte sie nicht einordnen. Ein vergessener Ort, als wäre die Zeit stehengeblieben. Eigentlich nicht negativ, aber irgendwie unwirklich. Henri Bluhm fuhr sich über die Stirn, wie um seine Gedanken wegzuwischen. Er, der Polizist aus der Hauptstadt, hatte mit so etwas wie Spökenkiekerei nichts, aber auch gar nichts am Hut. Aber hier überkam ihn, er mochte es sich nicht eingestehen, ein Gefühl, das er zuletzt als Kind empfunden hatte. Hier gruselte es ihn. Er fühlte sich ständig beobachtet.

In der Stille, die ihn in diesem verwilderten Garten umfing, kamen ihm seine Schritte viel zu laut vor. Außerdem schienen sich in den Büschen lauter Wesen zu bewegen. Plötzlich öffnete sich die Haustür, und fünf oder sechs Katzen stürmten die Eingangstreppe hinauf.

Im grauen Anzug mit schlohweißem Haar stand hochgewachsen der Hausherr, ein sehr alter Mann, in der Haustür. Nachdem er die Blechschale mit dem Fressen für die Katzen abgestellt hatte, blickte er sein Gegenüber aus klaren Augen freundlich an und bat ihn, doch ins Haus zu kommen. Das Gespräch mit dem pensionierten Lehrer erwies sich als hochinteressant, aber unergiebig für die Recherchen.

Außerdem hatte Henri die ganze Zeit auf einem riesigen Kanapee zwischen einer Unzahl von Kissen und mindestens ebenso vielen Katzen stillsitzen müssen. Wie ein Schüler hatte er sich gefühlt, während Herr Hansen eine Dorfgeschichte nach der anderen erzählte.

„Sag mal, mein lieber Henri, wie viele Kätzchen und Käterchen waren's doch gleich? Die Hose mußt du waschen, Katzenpisse riecht lange.

Aber nun zurück zu unserem Fall, mit anderen Worten, du hast nichts erfahren, ich auch nicht. Niemand wird vermißt, niemand weiß etwas, niemand wirkt beunruhigt. Die Menschen gehen ihren Alltagsgeschäften nach, ohne auch nur ein wenig irritiert zu sein. Entweder verschweigen sie uns alle etwas, oder es weiß einfach niemand, was in dem Schloß und Park vor sich geht. Denn ich gehe davon aus, das der Täter im Umkreis des Schlosses zu suchen ist."

„Ach, Chef, Sie konzentrieren Ihr Augenmerk auf das Schloß? Die Spuren führen doch raus, es sind doch zwei Löcher im Zaun."

„Ja, aber genau das könnte ja gewollt sein. Wir müssen in beide Richtungen ermitteln. Aber ich denke, wir machen für heute Schluß, wir sehen uns morgen im Büro."

„Wie kommen Sie denn nach Schwerin, Chef?"

„Ich weiß noch nicht, vielleicht mit dem Bus."

„Aber, Chef, der einzige Bus, der in dieser gottverlassenen Gegend noch fährt, ist der Schulbus. Und das erst morgen früh wieder."

„Ach, egal, irgendwie komme ich schon wieder in die Zivilisation. Zur Not trampe ich. Ich muß jetzt erst mal auslüften und nachdenken."

Kapitel 7

Schlüsselblume
(Primula)

„... die Himmelschlüsselblumen blühen! Du kannst viel süße Frucht von seiner Wehmut brechen, drum sieh ohn Unterlaß auf ihn!“

J. S. Bach, Johannespassion

Jakobsen ließ sich treiben. Er war froh, das verrauchte Lokal hinter sich zu lassen und seine Nase in die immer noch milde Frühlingsluft stecken zu können. Die besten Gedanken kamen ihm immer in der freien Natur. Er liebte es, sich auf ein völlig freies Fließen der Bilder und Gedanken einzulassen. In Situationen, in denen ihm seine Arbeit die Luft abzuschnüren drohte, waren ihm immer wieder neue Anregungen aus der Betrachtung der Natur gekommen. So hatte er einmal in einem besonders prekären Fall die Lösung nur finden können, als er sich auf den Vergleich des Federkleides von Sumpf- und Weidenmeise eingelassen hatte. „Täuschende Ähnlichkeit" war der Schlüssel des Problems gewesen. Ein Zwillingsverbrechen.

Nur klassische Musik hatte eine ähnlich inspirierende Wirkung auf ihn. Immer hörte er Melodien, wenn er sich von dem hektischen Alltagsgewimmel entfernte und versuchte, zu sich zu kommen. Manchmal waren es nur Fragmente, die er zu hören meinte, aber in ruhigen Situationen war es ein Strömen von Stimmen seiner Lieblingssänger, das sich zu einem Chor formte, der die ganze Welt zu umfassen schien. Die Frage von Gut und Böse war in den Liedern aufgelöst, zumindest auf eine andere Stufe gehoben, möglicherweise durch die Macht der Musik.

Klaus P. Jakobsen hatte die Nebenstraße, die den poetischen Namen „Mühlenberg" trug, obwohl von der Mühle weit und breit nichts zu sehen war, verlassen und war jetzt auf einem Weg übers freie Feld. Während seine Gedanken der Frage nachhingen, was die Häßlichkeit dieser Häuser ausmachte, ob es nun ihre Farbe war, ihre Proportionen oder einfach nur ihre Gleichförmigkeit, hatte er den Wald erreicht.

Jakobsen mochte den etwas feuchten Geruch des Waldes, der gleichzeitig das Modrige von Pilzen und die zarte Frühlingsfrische von Waldmeister hatte. So verkörperte dieser Geruch das ständige Werden und Vergehen. Er erinnerte sich daran, einmal ein Buch von Nikolaus Cusanus gelesen zu haben, in dem das Zusammenfallen der Gegensätze, die Gleichzeitigkeit zweier scheinbar verschiedener Dinge beschrieben wurde. Immer wieder fand er den Gedanken der coincidentia oppositorum bestätigt, ja, er suchte geradezu nach Beispielen in seinem täglichen Umfeld.

Die Kraft, beinahe schon die Härte des Adlerflugs wurde bedingt durch die leichte Weichheit des Gefieders. Auch der Wuchs eines Baumes, gleichzeitig das Verzweigen in der Luft und das Wurzeln in der Erde, schien für ihn so ein Zusammenfallen des Gegensätzlichen zu sein. Nun war natürlich die Frage nach Leben und Tod im kriminologischen Bereich nicht so einfach zu lösen: Der Schaden des Opfers, zum Beispiel sein Tod, konnte nicht einfach durch den Nutzen des Täters erklärt werden, aber immerhin, jedes Verbrechen setzte sich aus diesen beiden Polen zusammen und war dann erst ein Ganzes.

In dem jetzigen Fall war Jakobsen weit davon entfernt, alle Facetten des Verbrechens zu kennen. Die Lösung kannte er erst, wenn er das Ganze zu fassen bekommen hatte. Aber bis jetzt war ihm nicht einmal die Identität des Opfers bekannt.

Was hatten sie denn überhaupt außer einer weiblichen Leiche?

Nur ein paar Fakten, die die Obduktion ergeben hatte:

Alter des Opfers ca. 75 Jahre, Geschlecht: weiblich, Todeszeit nicht mehr genau feststellbar, wahrscheinlich Mitte Januar diesen Jahres.

Todesursache: Fraktur der oberen Halswirbelsäule, desweiteren Prellungen am ganzen Körper, wobei unklar bleibt, ob durch Unfall oder Gewaltanwendung.

Die Verbrennungen des Gesichts wurden ihr mit größter Wahrscheinlichkeit erst nach dem Tod zugefügt ...

Hier stockten Jakobsens Gedankengänge. Warum verbrennt jemand das Gesicht einer Toten? Mit an Sicherheit grenzender Wahrscheinlichkeit, um sie unkenntlich zu machen. Warum macht man jemanden unkenntlich? Weil das Opfer in der Gegend bekannt ist und nicht identifiziert werden soll? Aber warum fehlt dann niemand, warum wurde niemand vermißt gemeldet?

Der oder die Täter mußten damit rechnen, daß die Leiche irgendwann gefunden würde. Der weitläufige Park des Klinikschlosses Eichhorst schien ihm ein Versteck zu sein, das eher dazu angelegt war, entdeckt zu werden. Warum hatte dort jemand gegraben? Warum war derjenige verschwunden? Wollte jemand, daß die Leiche gefunden wird? Die Befragung des Personals von Schloß Eichhorst und, sofern sie möglich gewesen war, der wenigen verbliebenen Patienten, hatte absolut nichts ergeben.

Bluhm hatte computergestützt die finanzielle Stituation der Klinik eruiert. Dabei war einiges Interessantes zutage getreten: In DDR-Zeiten waren hier Dissidenten und Staatsfeinde untergebracht, das heißt, quasi inhaftiert gewesen. Dr. Brelowski war in den achtziger Jahren als Assistent an die Klinik gekommen und schnell zum stellvertretenden Leiter avanciert. Kurz nach der Wende hatte er das Schloß von der TLG für einen Spottpreis kaufen können und sich auf die Betreuung von Alten spezialisiert.

„Fit im Alter durch Ruhe, Natur und Ambiente“ war der Slogan, mit dem das Heim warb. Der Wunsch, einmal im Schloß zu leben wie ein Graf oder Fürst, war sicher weit verbreitet, aber das reichte nicht aus. Heutzutage erwartete man modernsten Standard und optimale Betreuung; und spätestens als ein Fall hygienischer Verwahrlosung in die Zeitungen gelangte, geriet Schloß Eichhorst in Verruf.

Immer wieder kreisten Jakobsens Gedanken um die Person des Faktotums Edgar. Angeblich hatte er die Leiche gefunden. Immer wieder hatte er von der „schönen Frau“ erzählt, die er gesehen haben wollte, über die er aber nichts Genaues sagen konnte. Es konnte sich nicht um einen Bewohner von Schloß Eichhorst handeln, denn selbst mit viel Phantasie konnten weder die dicke Putzfrau Inge, noch die zwei ältlichen Krankenpflegerinnen und noch weniger Frau Dr. Brelowski als schöne

Frauen bezeichnet werden. Und eines hatte Jakobsen im Laufe seiner langjährigen Praxis gelernt: Gerade Menschen, die im allgemeinen als geistig zurückgeblieben bezeichnet werden, machten die genauesten Beobachtungen. Sie erzählten ihm nur das, was sie wirklich gesehen hatten und mußten es nicht dem, was sie sehen wollten, anpassen. Wer also war die schöne Frau?

Viola hatte sich wieder einmal in Ekstase gegraben. Eigentlich hatte sie nur zwei oder drei Pflanzen für ihr feuchtes Plätzchen am Graben mitnehmen wollen. Aber da waren so viele, sie boten sich ihr förmlich an, immer wieder hielt sie die zartsamtenen Blüten an ihre Nase, und sie konnte nicht widerstehen. Das sind die wahren Frühlingsboten, dachte sie, Schlüsselblumen oder Himmelsschlüsselchen, wie sie sie lieber nannte. Sie mochte diesen Namen sehr, der ihr zu versprechen schien, daß jetzt wirklich der Himmel des Frühlings und des Sommers aufgeschlossen würde.

„Dich, nur dich noch, meine liebe Kleine. Nun komm schon, sei nicht so widerspenstig! Oh, und da ist eine kleine Familie. Kommt doch bitte in meinen Garten, ihr sollt es bei mir sehr gut haben."

Viola hatte ihre Jeansjacke irgendwo im Laub abgelegt. Jetzt aber genug. Ihre Plastiktüte war voll und hatte ein ordentliches Gewicht bekommen. Sie erhob sich aus der Hocke und reckte ihre Arme. Sie spürte die Kühle des Lufthauches in ihrem durchschwitzten Nacken und erstarrte.

Auf dem Weg stand jemand. Da stand jemand und starrte sie an. Sofort bekam sie Bauchweh vor Angst. Die Gedanken sausten durch ihren Kopf. Was wollte dieser Mensch? Warum starrte er sie so an? Sie war drauf und dran, sich wieder hinzuhocken, aber ihr Instinkt verbot ihr das. Sie wußte, daß es keinen Zweck hatte, wegzulaufen. Also nahm sie ihre Jacke, packte die Blumentüte und ging so cool wie möglich zum Weg, direkt auf den Fremden zu.

„Abendschön."

So schnell wie möglich und so langsam wie nötig, um nicht panisch zu wirken, ging sie zu ihrem Fahrrad. Gott sei dank, es war noch da. Jetzt nichts wie weg! Wieder mal war Viola auf der Flucht. Aber wovor? Vor wem? Vor dem Mann, der doch eigentlich ganz nett aussah? Vor sich selbst? Oder vor dem Bild, das sie ständig mit sich herumtrug, dem grausigen Bild der Leiche im Park?

Kapitel 8

Stinkender Storchschnabel

(Geranium robertianum)

„Er ist als die gemeinste Storchschnabelart dem Schutzheiligen des Hauses (Ruprecht = Robert) geweiht, wozu wohl die Form der Frucht Veranlassung gab. Sie erinnert ja an den Vogel, dessen Ansiedlung dem Hause Glück verheißt, den Storch.“

Albert Christiansen, Taschenbuch einheimischer Pflanzen

„... So eine verdammte Scheiße, was ist das für eine Scheiße! Was haben Sie für einen Scheiß gemacht!“

„Aber Herr von Yckendorff, ich, eh ...“

„Ach, halten Sie doch die Klappe, Sie Arschloch! Die ganze Zucht ist hin. Kann wieder von vorn anfangen. Wie kann man bloß so dämlich sein. Das ganze gebeizte Korn liegt offen rum. Kann ja jeder Arsch ran ...“

Jakobsen hörte noch das Zuschlagen einer Tür, dann war es wieder still im Dorf. Er stand vor dem Gutshaus in Luisental und starrte zu dem geöffneten Fenster im ersten Stock. Es war ihm peinlich, unfreiwillig Zeuge eines solchen Streitgespräches geworden zu sein. Aber dennoch war er neugierig, sicherlich auch berufsbedingt.

Worum mochte es da gegangen sein? Na ja, egal, aber der Ton war schon eigenartig! Auf seinem Weg durch den Wald hatte sich Jakobsen einfach treiben lassen und war so nach Luisental gelangt. Er suchte nichts Konkretes, aber irgendwo mußte er ja ansetzen. Die Tote konnte ebenso aus Eichhorst wie aus der Nachbarschaft oder sonstwoher stammen. Die Obduktion ließ darauf schließen, daß die Tote nicht aus einfachen Verhältnissen kam.

„Das Opfer hat mit Sicherheit nie körperlich schwer arbeiten müssen. Das zeigt der Befund eindeutig. Außerdem weist das Gebiß einige Besonderheiten auf, es ist in einem sehr gepflegten Zustand und hat mehrere Gold- und Keramikarbeiten.“

Der Pathologe hatte ihm eine genaue Beschreibung des Gebisses geschickt, die Befragung der Zahnärzte hatte aber noch keinen Hinweis auf die Identität der Toten gebracht.

Einem plötzlichen Impuls folgend, wandte sich Jakobsen dem Eingang des Hauses zu und klingelte. Einige Augenblicke später öffnete sich die Tür.

„Sie wünschen?“

„Entschuldigen Sie die Störung, mein Name ist Jakobsen, Mordkommission Schwerin. Ich würde Ihnen gerne einige Fragen stellen."

Der Hausherr, der sich als Richard von Yckendorff vorstellte, bat den Kommissar hinein. Mit ausgesuchter Höflichkeit bot er ihm einen Platz an.

„Darf ich Ihnen einen Sherry anbieten oder lieber gleich etwas Anständiges? Ich habe da einen herrlichen französischen Kognak."

Jakobsen lehnte dankend ab.

„Sie haben doch nichts dagegen, wenn ich mir selbst einen genehmige. Na, nicht doch einen Kleinen? Ach, natürlich, Sie sind ja im Dienst. Aber Herr Kommissar, was führt Sie denn in meine bescheidene Hütte? Alles andere hätte ich ja erwartet, Zoll, Steuerfahndung ... ha, ha, ha. Aber ausgerechnet die Mordkommission."

„Eigentlich wollte ich Sie nur fragen, was es mit dem vergifteten Korn auf sich hat."

Der Kommissar merkte, wie diese Frage gesessen hatte. Er hatte sein Gegenüber völlig verwirrt. Und so überraschte ihn die Gelassenheit, mit der Richard von Yckendorff nach kurzem Zögern bemerkte:

„Meine ganzen Jungenten haben das gebeizte Korn gefressen, dabei ist fast die ganze Schar umgekommen. Aber ist das denn ein Fall für die Mordkommission?"

Kommissar Jakobsen bemerkte, daß sein Gegenüber nicht fragte, woher er die Informationen hatte. Ein Meister im Ausweichen, dachte Jakobsen für sich.

Als er sich nach kurzer Zeit verabschiedete, hatte er das unbestimmte Gefühl, daß sein Besuch nicht der letzte in diesem Haus gewesen sein dürfte.

Als Jakobsen das Gutshaus verließ, hatte es zu regnen begonnen. Ein warmer, weicher Regen, der die Luft mit dem Geruch von Erde und Pflanzen erfüllte.

Jakobsen lauschte den Tropfen auf den Dächern und Bäumen, und er staunte wieder einmal über die Vielfalt des Regengeräusches. So etwas konnte man nur auf dem Land wahrnehmen, wo es still genug war. Er spürte den Regen auf seiner Stirn und mußte sich über die Augenbrauen wischen. Trotzdem vermißte er seinen Schirm nicht.

„Regentropfen aus den Bäumen fallen in das grüne Gras, Tränen meiner trüben Augen machen mir die Wange naß, die Wange naß.

Solange sie mir nicht die Hose naß machen, dachte Jakobsen, aber das geht ja irgendwie nicht.

Jakobsen hatte schlechte Laune, und daran konnte auch das Brahms-Lied, das zu seinen liebsten gehörte, nichts ändern. Nun stand er hier in diesem gottverlassenen Kaff und wußte nicht, was er als nächstes tun sollte. Es schien alles wie verhext zu sein. Wie konnte es angehen, daß er so im Dunkeln tappte? Aber, verdammt noch mal, es war ja gar nicht dunkel. Die tiefliegende Sonne brach durch die Wolken hervor und vergoldete alles, was sich ihren Strahlen darbot. Die Wassertropfen glitzerten wie Edelsteine. Wieder war Jakobsen von der Schönheit seiner Umgebung bezaubert. Er brummte leise ein Lied, das er in einer Aufnahme mit Fritz Wunderlich hundertemal gehört hatte, vor sich hin:

„Oh wie schön ist deine Welt, Vater, wenn sie golden strahlet.“

Das stimmte immer noch! Er machte sich einen Spaß daraus, auf den Namen des Dichters dieses Liedes Reime zu finden.

„Dieser Lappe ist nicht von Pappe, ich hau ihm gleich was auf die Klappe.“ Schließlich habe ich einen Mord aufzuklären! Er fühlte sich wie damals als Schüler, als ihm seine Deutschlehrerin, Fräulein Dr. Klasz, vorgeworfen hatte, im entscheidenden Moment abzuschweifen.

„Klaus, Sie sitzen mal wieder im Mustopf. Sie sehen aus, als hätten Sie im Straßengraben übernachtet.“

„Hände hoch, oder es knallt!“

Jakobsen fuhr zusammen, warf sich instinktiv auf die Seite, aber schon im Fallen merkte er, daß er völlig überreagiert hatte. Ein etwa zehnjähriger Junge hatte sich von hinten angeschlichen und ihm diesen Streich gespielt.

„Biste ausm Westen? Wo isn dein Mercedes?“

Jakobsen hatte sich mühsam aufgerappelt und versuchte, seine Autorität wieder herzustellen, indem er erstmal nichts sagte.

„Wieso sagste nix, biste stumm?“

„Wie heißt du denn, mein Junge?“

Etwas Klügeres fiel ihm in dem Moment nicht ein. Er guckte diesen Druwappel an, der aussah wie bei Fritz Reuter: strohblonde Wuschelhaare, blaue Augen, rote Wangen und ziemlich schmuddelig.

Klaus P. Jakobsen wollte sich zum Weitergehen wenden, als er plötzlich einem Instinkt folgte und den Jungen direkt fragte: „Sag mal, mein Jung, ist aus eurem Dorf in letzter Zeit jemand verschwunden?“

„Nee, eigentlich nicht, nur die alte Frau vom Schloß ist auf Weltreise gegangen.“

„Denis, komm sofort rein zum Essen!“ keifte eine Frauenstimme aus der Ferne. Der Junge zuckte zusammen und wollte sich gerade auf den Weg machen, doch Jakobsen hielt ihn fest.

„Welche alte Dame? Kanntest du sie?“ Jakobsen hatte so ein Kribbeln im Bauch, das ihm sagte, daß er jetzt nicht lockerlassen dürfte. „Nun erzähl schon. Wen meinst du?“

„Weiß nicht, die, bei der ich immer mit Franzi gespielt hab.“

„Wer ist Franzi?“

„Weiß nicht – muß jetzt rein.“

„Und wie heißt du?“

„Sag ich nicht, muß rein.“ Und schon war der Junge verschwunden.

Vollkommen frustriert bestellte sich Jakobsen per Mobiltelefon ein Taxi aus der Kreisstadt.

Kapitel 9

Georgine

(Dahlia)

„Warum so spät erst, Georgine?
Das Rosenmärchen ist erzählt.
Und honigsatt hat sich die Biene
Ihr Bett zum Schlummer auserwählt.“

Hermann von Gilm

„Ich bin ein Museumsgänger, ich liebe Museen. Mir bedeutet Kunst ganz viel! Und diese Fresken von Piero della Francesca sind doch wohl das schönste, was es überhaupt gibt!“

Franziska verrührte lautstark drei Löffel Zucker, die sie in ihren Espresso getan hatte. Sie hatte sich mit Luca in ein Straßencafé vor die Kirche San Francesco in Arezzo gesetzt und genoß die warme Frühlingssonne.

„Dabei brauch ich überhaupt nicht zu wissen, was auf den Bildern dargestellt wird, mich bezaubert das Licht und wie die Figuren sich darin bewegen. Findest du nicht, daß alle diese gemalten Menschen eigene Persönlichkeiten sind, man meint, sich sofort mit ihnen unterhalten zu können.“

„Aber Franzi, das ist eine Kirche und kein Museum. Und das ist für uns Italiener ein Riesenunterschied. Für mich ist es ganz wichtig zu wissen, daß Piero die Geschichte von König Salomon schildert, der das Holz zum Bau eines Tempels verwenden will, das später zum Holz des Kreuzes wird.“

„Ja, ja, Luca, du immer mit deinen Inhalten! Mich begeistern diese Bilder, weil die Menschen so schön sind.“

„Ja, aber sie sind auch wie erleuchtet und sind sich der Wichtigkeit ihres Tuns bewußt.“

„Sie sehen aus, als würden sie auf einer Bühne stehen. Immer sind sie ganz geometrisch gruppiert, so daß ganz einfache meditative Formen entstehen.“

„Das alles hat für mich nur Sinn“, versetzte Luca, „wenn ich weiß, was mir die Bilder erzählen: Bei der Beisetzung Adams wird ein Zweig des Lebensbaumes auf sein Grab gepflanzt. Daraus erwächst ein großer Baum, der von König Salomon gefällt wird, um ihm für den Bau eines Tempels zu dienen. Die Königin von Saba erkennt die besondere Bedeutung dieses Holzes ...“

„Ach, Luca, es ist doch völlig schnuppe, welcher König was anbetet.“

„Cara mia, du bringst mich heute auf die Palme! Siehst du denn nicht diesen großen Zusammenhang, der sich vom Paradies gewissermaßen über die Kreuzigung bis praktisch in die Gegenwart erstreckt? Wenn man das Bekenntnis zum Christentum von Kaiser Konstantin in seiner politischen Bedeutung betrachtet! Und das Holz ist nicht nur Symbol, es ist tatsächlich vorhanden, das finde ich das Erstaunliche!"

„Aber wie wär es, wenn wir jetzt weiterzögen?"

Luca hatte Franzis angestrengten Gesichtsausdruck bemerkt und erntete nun für diesen Vorschlag ihr strahlendstes Lächeln. Sie gingen die Stufen zur Via Cavour hinunter, wandten sich in Richtung Corso Italia.

„Attenzione!" Luca konnte Franzi gerade noch vor einem schnell abbiegenden Fiat Punto wegziehen.

„Oh, ihr Italiener seid wirklich Meister im Schnellfahren!"

Bevor sie die Piazza Grande erreichten, blieben sie vor einem wunderschönen Bau stehen, dessen obere Stockwerke von einer Vielzahl von Rundbögen, die auf Säulen ruhten, geschmückt waren.

„Pieve Santa Maria Assunta", las Franzi. „Hörst du die Musik, Luca?"

Durch das Rauschen der Stadt hindurch klang wie aus weiter Ferne Chorgesang. Franziska erwartete keine Antwort, sie genoß die Nähe ihres Freundes. Sie schmiegte sich an ihn und spürte beim Gehen seine Oberschenkel an ihren Beinen. Sie ließ sich willenlos weiterführen über die Piazza Grande bis hin zum Dom. Die Gerüche der Stadt und das brausende Geräusch, das zu einer einzigen Musik verschmolz, machten sie schläfrig.

„Am liebsten würde ich mich irgendwo hinlegen, Luca."

Plötzlich standen sie vor einer schmucklosen Kirche.

„Das ist der Dom, dort hinten ist ein Park, was möchtest du zuerst?"

„Ach, Luca, weißt du eigentlich, wie süß du bist?"

Franzi war in einer eigenartigen Stimmung. Die fernen Klänge der Musik, die sie eben gehört hatten, tönten weiter in ihr und erzeugten eine Traurigkeit, die sich wie ein Schleier über das heitere Erlebnis der Stadt legte.

Sie betraten den dunklen Kirchenraum, der kühl und fast menschenleer vor ihnen lag. Wie im Traum betrachtete Franziska einige Postkarten, die sich in der Auslage eines kleinen Kiosks befanden. Ein Bild sprang ihr sofort ins Auge. Die mittelalterliche Darstellung eines Mönchs in dunkler Kutte auf goldenem Grund, die rechte Hand mit der Wunde des Kreuzes erhoben, der Blick direkt auf den Betrachter gerichtet. Franzi ergriff die Postkarte und drehte sie um.

„Schau, Luca, Franziskus von einem Margarito D'Arezzo gemalt. Das Bild muß hier hängen, da steht es: Arezzo Kathedrale."

Sie begann, sich in der Kirche umzuschauen. Ihr fielen einige sehr schöne Glasfenster auf und Altäre und Darstellungen aus sicher verschiedenen Stilepochen. Mit der Postkarte in der Hand durchstöberte sie den ganzen Kirchenraum, aber erfolglos.

„Vielleicht hängt das Bild in irgendeinem Nebenraum, Franzi, komm, es ist doch nicht so wichtig."

„Nein, Luca, ich will unbedingt wissen, wo das Bild ist!"

Franzi ging auf einen Mönch zu, der dabei war, die Kerzen vor einem der Altäre zu ordnen.

„Scusi, padre, können Sie mir wohl sagen, wo dieses Bild hängt?"

Der Mönch schien sie nicht zu verstehen. Er drehte sich um und ging.

Nein, so ein unhöflicher Mensch, dachte Franzi.

„Luca, kannst du mir mal helfen, die verstehen mein Italienisch nicht."

Bei einem zweiten Mönch schien die Frage ebenso auf Abwehr zu stoßen. Aber immerhin bedeutete er ihnen, einen Moment zu warten.

Nach wenigen Minuten kam ein freundlich lächelnder Mönch mit einer dicken Brille auf sie zu und forderte sie auf, mitzukommen.

„Na, siehst du, jetzt führt er uns zu dem Bild“, sagte Luca. Durch einen dunklen sakristeiartigen Raum führte der Mönch sie nach draußen, wo sie das gleißende Sonnenlicht empfing.

„Ah, ich weiß, wo er uns hinführt, Franzi, dort ist der Hintereingang zum Dommuseum.“

Der Mönch, der immer noch keinen Ton gesagt hatte, machte vor einer großen Eisentür Halt und schloß sie umständlich auf. Dann betätigte er zahlreiche elektrische Schalter, die die Beleuchtung des Museums in Gang setzten und die Alarmanlage ausschalteten.

„Prego“, sagte er nur, wies den beiden den Weg ins Innere des Museums und verschwand hinter einem Vorhang, der wohl die Garderobe abtrennte.

„Komisch, Luca, daß er uns hier so ganz alleine läßt. Findest du diese Reaktion nicht auch merkwürdig?“

„Komm, nun laß uns das Bild suchen und stiehl dem netten Mönch nicht seine ganze Zeit.“

Sie eilten durch die mit Teppichboden ausgelegten Gänge, immer mit dem Gefühl, keine Zeit zu haben. Als wartete der Mönch ungeduldig auf sie.

„Du, Luca“, flüsterte Franzi, „ich habe das Gefühl, wir werden beobachtet.“

Mit noch größerer Unruhe eilten sie weiter, und die völlige Stille der mit künstlichem Licht diffus erleuchteten Räume bedrückte sie mehr und mehr.

„Luca, ich will hier raus!“ Am liebsten hätte Franzi geschrien, aber sie flüsterte nur.

„Weißt du den Weg noch?“ fragte Luca ebenfalls nicht mehr so überlegen wie am Anfang.

„Was soll das bloß, warum haben die uns hier so alleine gelassen? Und dieses blöde Bild, wieso hängt das hier nirgends?“

Franzi war nahe daran, in Panik zu geraten. Immer irrealer wurden ihre Ängste, und immer gehetzter wurde ihre Suche. Das Bild hatten sie vergessen, sie wollten nur noch raus aus diesem schrecklichen Labyrinth. Plötzlich stand, wie aus dem Erdboden gewachsen, der Mönch wieder vor ihnen, lächelte ebenso unergründlich wie vorher und sagte wieder nur: „Prego.“ Dabei öffnete er ihnen eine Tür, die direkt auf die Straße führte.

Noch bevor die beiden sich verabschieden konnten, hatte der Mönch die Tür von innen wieder verschlossen.

Der will uns aber schnell los sein, dachte Franzi, aber die Erleichterung über die neu gewonnene Freiheit ließ sie diesen Gedanken nicht aussprechen.

Franzi und Luca waren froh, wieder das Leben in der Stadt und die Wärme des Frühlingstages um sich zu spüren. Sie ließen sich abwärts in Richtung Innenstadt treiben.

„Ich finde es doch sehr eigenartig, daß die Mönche gar nicht auf unsere Frage eingegangen sind. Das Bild muß doch irgendwo sein, steht doch hier drauf: Kathedrale Arezzo. Mir läßt das überhaupt keine Ruhe. Was meinst du, Luca?“

„Ach, vielleicht haben wir es nur übersehen. Oder es ist zur Restaurierung weggegeben“, versuchte Luca seine Freundin zu beschwichtigen.

„Aber das Verhalten war eindeutig komisch. Ich hatte das Gefühl, die wollten uns ablenken und ganz schnell wieder loswerden. Und die Blicke waren auch nicht gerade freundlich. Ob sie dich auch für einen Deutschen gehalten haben?“

„Franzi, du spinnst!“

„Nein, ich spinne nicht. Da ist eindeutig etwas im Gange! Man hört doch immer wieder davon, daß Kunstgegenstände aus Museen oder Kirchen verschwinden. Ich habe das Gefühl, daß wir verfolgt werden, seit wir die Kirche verlassen haben.“

„Franzi, du spinnst, ich kann es nur wiederholen. Aber wenn da tatsächlich ein krummes Spiel gedreht wird oder wie das heißt, dann sollten wir schleunigst verschwinden. Das kann hier bei uns sehr gefährlich werden!"

„Hör mal, Luca, da ist er wieder, der schöne Chorgesang."

Sie waren wieder in die Nähe der Pieve geraten. Wie selbstverständlich folgten sie den Klängen und betraten die Kirche. Leise setzten sie sich auf eine steinerne Bank, die sich in einer Nische ganz in der Nähe des Ausgangs befand. Franzi schloß die Augen. Sie hatte das Gefühl, daß die Töne sie von allen Seiten einhüllten. In leisem Piano klangen lange Akkorde wie Glockenschläge, nur von den tiefen Männerstimmen gesungen. Franziska empfand eine ungeheure Weite. Wie aus großer Ferne hatte sie das Bild des Franziskus vor Augen, der sie anschaute, ungeheuer liebevoll. Die Textur der Musik veränderte sich.

Schnellere Tonfolgen und ein sich rhythmisch wiederholendes Motiv, immer noch von den Männerstimmen intoniert, attackierten sie. Sie spürte eine Übelkeit in sich aufsteigen – da war es wieder, das feiste Gesicht des bebrillten Mönchs –, aber sie vermochte nicht, die Augen zu öffnen. Sie merkte nicht, daß ihre Rechte Lucas linke Hand fest umklammerte. Doch dann schwang die Musik plötzlich um. Zu den Glockenklängen, die sie zu Anfang vernommen hatte, gesellte sich wie ein Silberfaden aus großer Höhe der Gesang der Frauenstimmen. Das war ja deutsch!

„Warum so spät erst, Georgine? Das Rosenmärchen ist erzählt."

Franziska kannte den Text und auch die Melodie. Wie aus weiter Ferne kam die Erinnerung an ein Konzert bei ihrer Tante Blanche. Blanche liebte Lieder. Und sie hatte versucht, Franziska diese Kunstform, die sie für die höchste Blüte der deutschen Musik hielt, nahezubringen. In der Hamburger Musikhalle hatte sie einen Liederabend mit Liedern von Richard Strauß gehört. Den Namen der Sängerin hatte sie längst vergessen, aber sie konnte sich noch genau an dieses herbstlich wehmütige Gefühl erinnern, in das sie das Lied „Georgine" versetzt hatte und das sie immer mit ihrer Großtante Blanche verband.

Franziska war plötzlich von einer fast unerträglichen Sehnsucht erfüllt. Sie mußte nach Hause, nach Deutschland, zu Tante Blanche. Schon am nächsten Morgen verließ Franzi Florenz mit dem 6-Uhr-55-Zug via Brennero nach München.

Kapitel 10

Schachbrettblume

(Fritillaria meleagris)

„Die Einführung der Schachbrettblume nach Mitteleuropa fällt in die siebziger Jahre des 16. Jahrhunderts und steht wiederum in Zusammenhang mit dem Wirken von Carolus Clusius, der bis Herbst 1573 in Mechelen in Belgien lebte. Dorthin wurde ihm die Pflanze 1572 von dem Apotheker Noel Capperon aus Orleans zugesandt, wo sie auf Wiesen an der Loire wild vorkam.“

Heinz-Dieter Krausch, Kaiserkron und Päonien rot ...

Die Maisonne stand hoch und wärmte ihr angenehm den Rükken. Sie dachte, wie gut es doch sei, daß sie hier ihren Platz im Garten hätte. Sie fühlte sich eigentlich genau so wie als Kind. Damals hatte sie auch im Garten immer Schutz gefunden. Schlimm war die erste Zeit nach der Flucht gewesen, als sie überhaupt keine Gelegenheit fand, ihr Fleckchen Erde zu beackern. Um so mehr hatte sie sich gefreut, als ihre Schwägerin Blanche kurz nach der Wende zu ihr sagte: „Ich habe das Gutshaus unserer Familie zurückgekauft, willst du nicht mit mir nach Mecklenburg gehen, Nesi?“
Sie hatte sofort zugestimmt. Sie war eine richtige Landpomeranze, und vieles kam ihr genauso wie damals in Kurland vor. Schlimm, daß jetzt diese ganzen Dinge passiert waren!

Zu ihrem Neffen Rich hatte sie ein eigenartiges Verhältnis: Er sah seinem Vater Friedrich Wilhelm, genannt Friwi, ihrem kleinen Bruder, überhaupt nicht ähnlich. Aber manchmal bekam sie einen Schreck, wenn er unvermittelt vor ihr stand. Als sei Kuno wieder auferstanden. Die gleiche Stirn, die strahlend blauen Augen und genau wie er von großer Gestalt. Kuno war ihr großer Bruder. Er hatte damals die schöne Blanche Blomstedt ins Baltikum geholt. Ihre Eltern waren die Besitzer einer der größten Reedereien Hamburgs, und Blanche galt als sehr gute Partie. Ob sie sich in der Einsamkeit des baltischen Landlebens jemals wohlgefühlt hatte, war nie von ihr zu erfahren gewesen. Als Kinder hatten sie wahrhaftig hinterm Mond gelebt.

Einmal machte sie mit ihren beiden Brüdern einen Ausflug in die Kreisstadt. Als der Wagen vor einem Schlachterladen hielt, hatte Kuno zu ihr gesagt:

„Hast du Lust auf Rotwurst, geh und hol dir eine!“

Sie hatte nicht gezögert, war in den Laden gegangen und bat um eine Rotwurst. Danach hatte sie den Laden wieder verlassen. Ohne zu wissen, warum, erntete sie furchtbares Gezeter des Schlachters und johlendes Gelächter ihrer Brüder.

Erst Wochen später hatte Kuno die Gnade gehabt, sie darüber aufzuklären, daß sie die Wurst hätte bezahlen müssen.

„Ach, Gottchen, daß ich nun als letzte übrigbleiben würde, hätte ich mir nicht träumen lassen! Aber wie hatte schon die alte Baronin Hayn gesagt: ‚Unkraut vergeht nicht‘!“

Nesi nahm ihre Hacke, beugte sich wieder über die Erdbeerbeete und hackte, um etwas Luft an die Pflanzen zu bringen. Plötzlich spürte sie eine Bewegung hinter sich und nahm einen Schatten wahr. Ein eisiger Schreck durchfuhr sie, und sie wagte kaum, sich umzudrehen.

„Blanche, bist du es?“ entfuhr es ihr.

„Entschuldigen Sie, Frau Baronin, wenn ich Sie bei Ihrer Gartenarbeit störe. Aber warum sehen Sie denn so blaß aus, geht es Ihnen nicht gut?“

„Nein, nein, Kindchen, es ist nichts. Kommen Sie, Viola, ich zeige Ihnen meine Schachbrettblumen, eine botanische Besonderheit.“

Während sie ein großes, rundes Beet mit verblühenden Tulpen und Narzissen hinter sich ließen, erkundigte sich Nesi nach dem Fortschritt von Violas Arbeit.

„Einige Portraits habe ich schon gereinigt, aber wissen Sie, ich glaube, ich würde besser vorankommen, wenn ich über die Dargestellten etwas wüßte.“

„Aber natürlich, meine Liebe, ich erzähle Ihnen gerne die Geschichten der Persönlichkeiten, soweit ich sie kenne. Ich komme gleich zu Ihnen in die Galerie, gehen Sie nur schon vor. Ich muß schnell das Gemixte befreien. Ich sperre ihn immer ein, wenn ich in den Garten gehe, er gräbt mir sonst meine ganzen Beete um. Das arme Kerlchen, er wird sicher schon nach mir schreien!“

Viola stand in dem langen, holzgetäfelten Flur, dessen den Fenstern gegenüberliegende Wand über zwanzig Portraits zierten. Langsam schritt Viola die Reihe der Bilder ab. Die breiten Eichendielen knarrten, es roch nach Bohnerwachs, und in den durch ein Fenster hereinfallenden Sonnenstrahlen tanzten Staubpartikelchen.

„Schade“, dachte Viola, „jetzt habe ich die Schachbrettblume gar nicht gesehen.“

Sie hockte sich auf eine der Fensterbänke, während sie auf die alte Dame wartete. Direkt ihr gegenüber befand sich das Bild eines graubärtigen Mannes ohne Kopfbedeckung, das hell aus dem dunklen Hintergrund, fast zum Greifen plastisch, leuchtete. Viola fiel der Blick der klaren blauen Augen auf, der – am Betrachter vorbei – in die Ferne gerichtet war. Der dunkle Pelzkragen des Mantels war am Hals von kunstvoll gewirkter heller Spitze gesäumt. Heinrich von Yckendorff, anno 1598. Daneben war das Wappen abgebildet, es schien eine blaue Blüte auf silbernem Hintergrund darzustellen.

Viola fiel die Mischung aus großer Sinnlichkeit, die das fleischige Gesicht ausdrückte, und die klare Geistigkeit des Blicks auf, die noch durch die zum Gebet gefalteten schlanken Hände verstärkt wurde. Was mochte das für ein Mensch gewesen sein?

Durch das trippelnde Geräusch von Hundepfoten wurde Viola aus ihren Gedanken aufgeschreckt.

„Ah, Sie stehen ja direkt vor dem gelehrtesten unserer Vorfahren: Heinrich von Yckendorff. Er hat an der Universität Dorpat Jurisprudenz und Theologie studiert. Und sehen Sie hier, das ist Albrecht Friedrich August. Er ist leider viel zu früh gestorben, er ist bei der Jagd vom Pferd gefallen und hat sich nie wieder von dem Unfall erholt.“

Viola betrachtete die schlanke Gestalt mit gepuderter Perücke und Zopf. Auch hier prangte das Wappen der Yckendorffs in aller Deutlichkeit.

„Und das neben ihm ist seine Frau Mathilde Sophie Charlotte, eine geborene von Hayn. Sie mußte ganz allein die fünf Kinder durchbringen und sich auch noch um die Güter kümmern.“

Viola hörte nur noch halb zu, während der nicht endenwollende Redeschwall der Baronin sich über sie ergoß. Diese verschiedenen Formate, Größen und Gesichter verwirrten und ermüdeten sie. Doch eines zog sich durch alle Bilder hindurch: das auffällige Wappen, das sie in frischem blau und weiß anleuchtete.

„Gnädige Frau, wie sind denn die ganzen Bilder hierhergekommen?“

„Ach, Kindchen, das müssen Sie meinen Neffen Rich fragen, er ist ein wahrer Meister im Beschaffen verloren geglaubter Dinge. Ich kann mich aus dem Baltikum nur an zwei Bilder erinnern ...“

„Und welches Portrait hat hier einmal gehangen? Da ist doch eine Lücke in der Bildfolge.“

„Ich glaube, es ist Teezeit, meine Liebe, das Gemixte ist sicher schon ganz begierig auf seinen Nachmittagskeks, nicht wahr, mein Kleiner? Kommen Sie mit uns hinunter?“

Viola lehnte dankend ab, sie wollte lieber noch ein Weilchen bei den Bildern bleiben.

Kapitel 11

Lavendel
(Lavandula angustifolia)

„Symbol für: Reinheit, klares Leben. Erinnerung. Geheimes Einverständnis. Abwehr des Teufels.“

Marianne Beuchert, Symbolik der Pflanzen

Viola hatte sich wieder in die Fensternische gekauert. Ihr schwirrte noch der aufgeregte Wortschwall der alten Dame im Kopf herum. Irgendwie brachte sie das auch nicht weiter, sie hatte ein sehr eigenartiges Gefühl. Die ganze Stimmung im Haus schien ihr unecht und sogar ein bißchen verlogen. Alle behandelten sie mit ausgesuchter Höflichkeit, aber dennoch umgab die Personen dieses Hauses so etwas wie eine Mauer, als würden sie etwas verbergen. Sie fühlte sich einsam und verspannt.

In der Stille der Galerie schien ihr das Summen eines fetten Brummers unerträglich laut. Er stieß immer wieder gegen die Fensterscheibe. Genervt von dem gräßlichen Geräusch öffnete Viola das Fenster einen Spalt und wischte die Fliege mit einem Gefühl des Ekels hinaus. Irgend etwas störte sie an der Galerie. Offensichtlich fehlte ein Bild.

Viola war aufgestanden und ging langsam vor den Bildern auf und ab. Sie fand sich plötzlich vor einer Tür wieder, die sie vorher nicht bemerkt hatte. Wie magisch angezogen, öffnete sie diese vorsichtig und schlüpfte hindurch. Sie befand sich in einem großen, geräumigen Zimmer, das gespenstisch wirkte: Alle Möbel waren mit Tüchern verhängt, schwere Portieren vor den Fenstern verdunkelten den Raum und tauchten ihn in ein diffuses Licht. Über allem lag wie ein Schleier der Hauch von Lavendelduft. Aus ganz weiter Ferne hörte sie Klavierspiel.

Was mache ich eigentlich hier? Verdammt, Viola, jetzt muß nur einer reinkommen, dann bist du schon wieder in einer Scheißsituation. – Oh, Gott, was war das?

Ein scharfer Knall riß sie aus ihren Gedanken. Konnte das ein Schuß gewesen sein? Sie schlich zum Fenster und schob die Vorhänge einen Spalt auseinander. Was sie da sah, erschreckte sie zutiefst. Durch das Fenster sah man in den auf der Westseite des Hauses gelegenen Obstgarten. Halb verdeckt von Zweigen sah Viola zwei Männer, die eine Grube schaufelten. Sie konnte nicht erkennen, wer es war, aber sie konnte auch den Blick nicht von der Aktion wegwenden. Irgendwie erinnerte sie das ganze an Totengräber, zumal die Männer jetzt etwas Schweres in die Grube hinabstießen. Langsam kroch Viola die Angst in den Nacken. Das konnte doch wohl nicht wahr sein, was sie da sah! Sie wandte sich hastig um und stieß dabei mit dem Fuß gegen einen Gegenstand, der mit lautem Poltern umfiel. Als sie sich danach bückte, erkannte sie das Portrait einer Frau. Sie sah die schönen Gesichtszüge, aber das war es nicht, was sie interessierte.

Das konnte doch kein Zufall sein! In was war sie da hineingeraten? In diesem Moment öffnete sich die Tür. Ohne den Eintretenden wahrzunehmen, zwängte Viola sich an ihm vorbei und rannte in heller Panik den Gang hinunter.

Kapitel 12

Pfingstrose

(Päonia officinalis)

„Hildegard von Bingen sagte: ‚... und wenn der Mensch den Verstand verliert, tauche Paeonienkörner in Honig und lege sie ihm auf die Zunge, so steigen die Kräfte der Paeonie zu seinem Gehirn hinauf und erregen ihn, so daß er schnell wieder zu Verstand kommt und der Geist wiederkehrt'."

Esther Gallwitz, Kleiner Kräutergarten

Der Tenor Heribert Pabst sang. Er ließ die Töne des Schubert-Liedes „Frühlingsglaube“ auf seiner Zunge zerschmelzen wie Kaviar: einzeln, rund und weich. Bei der Stelle „Nun muß sich alles wenden“ bekam sein Gesicht den Ausdruck höchster Innigkeit. Seine hinter der Goldrandbrille halb verborgenen Augen bekamen einen feuchten Schimmer, seine Augenbrauen formten oberhalb der Nasenwurzel zwei senkrechte Falten. Er schien sich auf Zehenspitzen zu erheben, wobei er sich mit zwei Fingern leicht am Flügel abstützte.

Das kleine Dreieck seines Halses, das man durch den geöffneten Hemdkragen sah, hatte ein leuchtendes Rot angenommen. Unvermittelt unterbrach Heribert Pabst seinen Vortrag.

„Sag mal, Arturo, kannst du die Triolen in der linken Hand nicht ein wenig zurücknehmen? Ich möchte die Stelle unbedingt ‚mezza voce‘ bringen.“

Arturo Schmitz war daran gewöhnt, unterbrochen zu werden. Er versuchte, sich nicht zu verteidigen, sondern stimmte der Korrektur sofort zu, wenngleich er auch anderer Meinung war. Eigentlich hatte er gehofft, nach einer kurzen Probe an die nahegelegene Ostsee fahren zu können, das Konzert war schließlich erst morgen, aber daraus wurde wohl nichts. Heribert Pabst war mal wieder aufgeregt, und dann begann er, pingelig zu werden. Und Arturo mußte sich sowieso noch eine Weile fügen.

Er hatte eine Freundin, mit der er viel lieber diesen Liederabend musiziert hätte. Aber Heribert Pabst war ein wichtiger Mann an der Musikhochschule, und Isabell würde demnächst Examen machen. Leiter der Prüfungskommission: Prof. Heribert Pabst. Man konnte sich eben nicht immer alles aussuchen.

Nun saßen sie also in diesem muffigen Saal eines muffigen Schlosses in Mecklenburg und bereiteten einen Liederabend vor. Er sollte *das* gesellschaftliche Ereignis der Region werden. Jedenfalls hatte das die Gräfin oder was auch immer diese Dame war, verkündet. In diesem Augenblick betrat sie gerade den Raum. Im Arm hatte sie eine überdimensionale Vase, die mit Pfingstrosen gefüllt war.

„Ach, ist den Herren musici eine kleine Unterbrechung willkommen? Ich habe Frau Gromodka gerade gebeten, uns den Tee zu bringen."

„Selbstverständlich, gnädige Frau, jeder Musiker weiß die Pause im rechten Moment zu schätzen. – Nein, was sind das für herrliche Blumen, Päonien, wenn ich nicht irre."

Arturo Schmitz staunte immer wieder über seinen Partner. Er wußte genau, daß dieser viel lieber weiter geübt hätte, daß ihm die Unterbrechung gar nicht recht war. Aber Heribert Pabst hatte es gelernt, sich auf dem gesellschaftlichen Parkett mit Bravour zu bewegen.

„Sind die Herren Musiker denn mit der Akustik des Raumes zufrieden? Wir hatten ja schon den berühmten Cellisten des Brahms-Trios, wie heißt er doch gleich? Ein wunderbarer Künstler! Und so bescheiden! Aber ich verstehe ja nichts von Musik, ich kann sie nur genießen!"

„Wo soll ich den Tee hinstellen, gnädige Frau?"

„Ach, Frau Gromodka, servieren Sie doch bitte im Wintergarten. Da ist es so schön hell. – Ich komme gleich wieder, meine Herren, machen Sie es sich bitte bequem!"

Durch den blauen Salon erreichten die beiden Männer den Wintergarten. In dem grünlich schimmernden Licht befand sich in einer Ecke, fast verdeckt durch die Vielzahl von Pflanzen, die Sitzgarnitur mit einem Marmortisch, auf dem die Haushälterin zum Tee gedeckt hatte. Die Luft war feucht, fast schwül. Der süßliche Duft exotischer Blüten, gepaart mit dem modrigen Geruch nach feuchter Pflanzenerde, legte sich drükkend auf die Bronchien der Männer.

„Na, ob das ein geeignetes Klima für dich ist, Heribert?"

„Ach, ich habe schon ganz andere Situationen gemeistert, mein Lieber! Ich erinnere doch nur an das Freiluftkonzert in Eutin, warst du da nicht auch zugegen? Schrecklich, diese vielen Mücken, bei jedem Atemzug mußte man befürchten, daß sie einem in die Luftröhre kommen. Aber es war ja ein schöner Erfolg für mich."

„Du, Heribert, kannst du dir vorstellen, daß es in diesem Haus spukt?"

„Nein, wieso?"

„Ich habe vorhin mein Zimmer gesucht und bin wohl in einen falschen Raum geraten. Dabei wurde ich von einer bleichen Frau in Weiß fast über den Haufen gerannt."

„Wo soll denn das gewesen sein, wenn ich mal so fragen darf?" mischte sich die rundliche Angestellte, die noch Gebäck brachte, in das Gespräch.

„Na, da oben im ersten Stock, wo die vielen Bilder hängen."

„Na, wenn das mal nicht der Geist von der Verstorbenen war! So was kommt ja in Mecklenburg oft vor. Nachdem meine Großtante Elli gestorben war, soll sie ja noch jahrelang ..."

„Nun aber Schluß mit solchem Unsinn, Frau Gromodka, gehen Sie in die Küche, da haben Sie noch genug zu tun." Sula von Yckendorff, die die letzten Sätze mitbekommen hatte, beendete das Gespräch energisch.

„Und Sie müssen nach dem Tee sicher noch ein wenig üben, der große Abend rückt unaufhaltsam näher!"

Kapitel 13

Rittersporn

(Delphinium)

„1827 berichtet der Berliner Botaniker und Dichter Adalbert von Chamisso über den Rittersporn:
‚Mehrere winterausdauernde Arten, die selbst für den Pflanzenforscher schwer zu unterscheiden sind, schmücken unsere Blumengärten mit ausnehmender Pracht‘."

Hans-Dieter Krausch, Kaiserkron und Paeonien rot ...

Warum ich? Warum ausgerechnet ich? Warum gerate ich ständig in solche Situationen? Wo ist denn nun endlich der Seitenausgang? Ich will unter keinen Umständen jemandem begegnen.

Jetzt haste ich durch die Gänge und bin schon wieder panisch. Wenn das stimmt, was ich gerade gesehen habe, verstehe ich die Welt nicht mehr. Ich möchte nach Hause, ausruhen, nachdenken. Bloß niemandem begegnen. Weg von hier! Endlich mal wieder unter normalen Menschen sein – ohne Schloß und Ahnengalerie. Wo führt diese Treppe hin? Hach, es scheint die Speisekammer zu sein.

Wahnsinnig, diese vielen Gläser mit Kompott. Wer soll bloß diesen ganzen Rhabarber essen? Sieht aus wie eingemachte Leichenteile! Wie komm ich nur aus diesem Kasten raus?

Ich muß wieder hoch, eine Kellertür finde ich hier nicht. Wenn ich bloß nicht solche Angst hätte!

Endlich, da scheint eine Außentür zu sein! Und nicht mal verschlossen! Bravo, Viola! Schnell raus!

„Scheiße!“ Mit einem erstickten Schrei stürzte Viola die anderthalb Meter aus der Verandatür. Ein schriller Schmerz durchfuhr ihren linken Knöchel. Sie versuchte, sich aufzurappeln, knickte aber sofort wieder ein. Nur nicht heulen jetzt, dachte sie.

„Was machen Sie denn da im Blumenbeet. So pflückt man aber keinen Blumenstrauß!“

„Försters Rittersporn, sehen Sie die tollen Farben? Von gletscherblau bis tiefviolett. Alles vertreten, eine wahre Pracht!“

Viola staunte über ihre Schlagfertigkeit. Der große, gutaussehende Mann, der vor ihr stand, flößte ihr sofort Vertrauen ein. Das mochte an seinen warmen Augen liegen.

„Bitte, können Sie mir helfen? Ich muß mir den Fuß verknackst haben. Ich kann nicht auftreten.“

„Ich verstehe überhaupt nicht, warum die Tür nicht abgeschlossen war. Die neue Treppe wird erst in einem Monat geliefert. Ich bin übrigens Leo Dornfeld."

„Ach, der mit den Zaunpfählen!"

„Na, Sie sind ja bestens informiert. Kommen Sie, wenn Sie sich aufstützen, schaffen wir es bis zu meinem Auto. Ich bringe Sie nach Hause."

Viola war dankbar für dieses Angebot. Sie erklärte ihm kurz, wo sie wohnte und war froh, daß ihr Retter sie nicht mit weiteren Fragen behelligte. Als sie ihr Häuschen am Waldrand erreichten, fragte Leo Dornfeld sie, ob sie hier ganz alleine wohne.

„Ja, aber mit Anton und Cleo, meinen beiden Katzen."

„Oh Gott, was ist das? Die Tür ist offen. Da muß jemand gewesen sein."

„Oder er ist es noch. Lassen Sie mich mal vorgehen!"

Nach einigen Augenblicken kehrte Leo zurück.

„Ich habe niemanden gefunden. Vielleicht haben Sie die Tür ja aus Versehen offen gelassen, es wirkt nicht so, als wäre jemand eingebrochen!"

„Auf diesen Schreck brauche ich einen Schluck Wein. Möchten Sie auch einen? Mein Name ist übrigens Viola Wegener."

Viola und Leopold verstanden sich auf Anhieb sehr gut. Viola war heilfroh, nicht allein zu sein, und Leos ruhige Art nahm ihr ein wenig die Angst, die sie immer noch spürte. Gerne hätte sie ihm von dem grausigen Fund und allem, was damit zusammenhing, erzählt. Aber irgendwie traute sie sich nicht. Statt dessen sprachen sie über alles mögliche. Längst hatten sie die zweite Flasche Wein aufgemacht.

Beide erzählten von ihrer Liebe für den Süden. Und wie sehr sie sich immer danach sehnten, dahin zu kommen. Dabei war Violas erster Italienaufenthalt eine komplette Entzauberung gewesen:

Es fing verheißungsvoll an. Entfernte Verwandte aus der Dresdner Gegend, der Onkel hatte in der DDR eine Weinkellerei geleitet, hatten sie auf einen „Drübb“ in die „Dosgana“ zu West-Verwandten eingeladen. In ein Landhaus am Rande eines Städtchens im Dreieck zwischen Arezzo, Siena und Florenz. Ihre Hochgefühle beim Brennerüberqueren glichen mindestens denen Goethes. Die Po-Ebene mit ihren verschmutzten Dörfern ließ sie unbeeindruckt, und auch der beißende Chemie-Gestank, der wie eine gelbe Glocke über den Vororten von Florenz lag, wurde von ihr nicht wahrgenommen. Sie verschlief ihn auf dem Rücksitz des mindestens ebenso stinkenden Wartburg „Tourist“ ihrer Dresdner Verwandtschaft.

Der erste Stop an einer dieser hochmodernen, auch nachts von vielen Menschen bevölkerten Autobahnraststätten wäre beinah zum Fiasko geworden. Ihre Tante hatte sich an Fernfahrern vorbei zur Kasse vorgearbeitet, um drei „Gaffe“ zu bestellen. Drei kleine Tassen, gefüllt mit schwarzem Kaffee, noch schaumig. Das ist Italien, das Aroma des Südens, hatte sie gedacht, als ihr Onkel ausrief:

„Das is doch keen Gaffe, das is vielleischt een Mogga! Diese Blürre rühr ich nisch an.“

Aber er hatte ihn doch getrunken. Nach dem kurzen Aufbegehren hatte dann doch die lange geübte Haltung des Sich-in-die-Dinge-fügen-Müssens die Oberhand gewonnen.

Vor dem von einem blassen Mond milchig erleuchteten Himmel hatte Viola den Rücken des Pratomagno wie den Körper einer überdimensionalen Katze wahrgenommen. Die Temperaturanzeigen an den Autobahnschildern zeigten immer noch 23 Grad Celsius, der Duft von Kräutern und sommerlich erwärmter Erde, der in der Nacht immer viel intensiver wird, drang durch den Spalt der Fensterscheibe. Wieder war sie in ihre Träume von Zypressen und alten Palazzi gefallen.

Bei ihrer Ankunft am nächsten Morgen fiel der Wartburg aus. Der Dom von Siena, die Uffizien und San Gimigniano waren in weite Ferne gerückt, dafür war der ewig lamentierende Onkel – „Mer häddn so scheen im Ölbsandsteingebirche wandern gönn!“ – desto näher. Ersatzteile konnten von den sich dezent über das Auto amüsierenden Leuten der kleinen Dorfwerkstatt erst auf sehr kompliziertem Wege beschafft werden. Die Entfernung zu den entfernten Verwandten aus Hannover blieb groß. Da war der blasse junge Mann, der sie gleich am ersten Tag von der Wichtigkeit der Lehren Rudolf Steiners zu überzeugen versuchte, dann das Ehepaar aus Gelsenkirchen, das sich wegen der Hitze vorwiegend im Keller aufhielt.

Und der große, dunkelhaarige Soziologiestudent, den das, was unter der Motorhaube seines VW-Busses steckte, mehr zu interessieren schien als alles andere. Sie hatte den Traum von einer Begegnung mit einem glutäugigen Italiener, aber der einzige Mann dieses für seine Kavalierstradition so berühmt-berüchtigten Landes war der alte Adolfo, der ihr aus zahnlosem Mund erklärte, daß „le donne di Germania molto belle“ seien. Und dann folgte etwas, das sich in ihr Gehirn als „Guutt ficki ficki“ eingeprägt hatte. Sicher, der braungebrannte Typ, der sich irgendwo in der Gegend fest angesiedelt hatte, den sie im Geiste „Charles Bronson“ taufte, hätte ihr gefährlich werden können. Aber der interessierte sich mehr für die hübsche Freundin des Steiner-Adepten ...

„Weißt du, Leo, die Streifzüge durch die Wälder hier erinnern mich an die Wanderungen in die Umgebung des Toskanischen Landhauses. Hier wie dort gibt es immer wieder Überraschungen.“

„Und du bist meine Überraschung!“

Leo war voller Bewunderung für Viola. Er fand ihren Brückenschlag von Italien nach Mecklenburg einfach grandios. Und er war voller Bewunderung für ihre grünen Augen, ihre weichen Lippen und vieles andere, was sie in dieser Nacht gemeinsam entdeckten.

Kapitel 14

Wacholder
(Juniperus)

„Das Öl und Harz verarbeitete man zu vielen ‚Geheimmitteln wider die Pest'. Die Vögel sollen es während der Pestzeit von den Dächern gepfiffen haben: ‚Eßt Kranewitt und Bibernell, dann sterbts nit so schnell.' Kranewitt wurde der Wacholder nach einem Vogel benannt, der seine aromatischen Beeren besonders gern nascht: der Krammetvogel (Wacholderdrossel)."

Susanne Fischer-Rizzi, Blätter von Bäumen

Vorsichtig setzte Klaus Peter Jakobsen einen Fuß vor den anderen. Jetzt nur kein Geräusch machen! Er war seinem Ziel ganz nah und spürte die Aufregung des Jägers. Jetzt stand er richtig. Er fühlte das kühle Metall des Fernglases in seinen Händen, das beruhigte ihn. Er hatte sie voll im Visier: Eine Beutelmeise beim Bau ihres Nestes. Ein vollendetes Hängenest, das an einem einzigen Weidenzweig über der Wasserfläche pendelte. Auch die retortenförmige Eingangsröhre war fast fertig gebaut. Er beobachtete den weißköpfigen Vogel mit dem schwarzen Augenstreif, wie er an dem gelblich weißen Filz des Nestes herumzupfte. Früher, hatte Jakobsen gehört, wurden diese Nester in manchen Gegenden als Schuhe oder Strümpfe von Kindern benutzt.

In diesem Moment klingelte sein Mobiltelefon.

Schade, die Wirklichkeit holte ihn ein. Er hätte noch Stunden hier stehen und dem zarten Vogel bei seiner Arbeit zuschauen mögen. Sein Chef war äußerst ungeduldig.

„Die Presse verlangt Ergebnisse, schon werden einige Stimmen laut, die meine Pensionierung fordern, und was machen Sie? Nichts! Hören Sie mal, Jakobsen, ich möchte die letzten zwei Jahre noch in Ruhe hinter mich bringen, und Sie werden das nicht verhindern! Ich verlange Ergebnisse! Und zwar sofort!“

Mit dem nörgelnden Tonfall seines ihm zutiefst unsympathischen Chefs im Ohr fuhr Jakobsen ins Präsidium.

Wie sollte er Ergebnisse vorweisen, wenn es keine gab? Er konnte doch die Identität der Toten nicht aus dem Ärmel schütteln! In einem Punkt war sich Jakobsen ganz sicher: In dem Moment, wo er wußte, wer die Tote war, hatte er auch den oder die Mörder. Immerhin, sie hatten Kleidung gefunden. Laut Laborbefund eindeutig Kleidung der Toten.

Ein Mittelspecht hatte ihm den Weg gewiesen, so wie das Waldvöglein Siegfried zu Fafners Höhle geführt hatte. Aber nicht der Drachenwurm war ihm begegnet. Er war lediglich über einen Abfallsack gestolpert, und als er gerade über den vielen Müll im Wald fluchen wollte, fiel ihm der Inhalt auf: Ein Stück roter Wollstoff erregte seine Aufmerksamkeit. Einer plötzlichen Eingebung folgend, schüttete er den Inhalt des Plastiksacks auf den Waldboden. Es war elegante und neuwertige Kleidung einer Frau. Das konnte niemand weggeworfen haben. Mit spitzen Fingern packte er die Sachen wieder ein. Zu dumm, daß er keine Handschuhe dabei hatte! Endlich etwas fürs Labor.

Aber das war noch nicht alles. Inzwischen lag das Ergebnis der Untersuchung des Mageninhalts vor. Die Tote mußte etwa zwei Stunden vor ihrem Ableben eine Mahlzeit zu sich genommen haben. Jakobsen staunte immer wieder über die Möglichkeiten des Labors: Es handelte sich um ein Fleischgericht, mit ziemlicher Sicherheit vom Wild, wahrscheinlich eine Pastete. Jakobsen fragte sich, ob die im Labor alle Hobbyköche waren, denn eine Besonderheit war ihnen aufgefallen: Es waren kleine Mengen von Walnüssen festgestellt worden, und die Soße war mit Wacholder gewürzt. Getrunken hatte die Tote einen Portwein. Jakobsen hätte am liebsten nach dem Jahrgang gefragt, aber er wollte seine Kollegen ja nicht ärgern.

„Ja, und was sagt uns das, was schließen Sie daraus? Ich will keine Speisekarte von Ihnen haben, ich will wissen, wer die Tote war und wer sie umgebracht hat. Die Verantwortlichen müssen zur Rechenschaft gezogen werden."

Jakobsen berichtete seinem Vorgesetzten, daß aufgrund der Kleidung und des Mageninhaltes die gesellschaftliche Stellung der Toten recht genau zu definieren war. Dazu kam natürlich, soweit noch feststellbar, der allgemeine gepflegte Zustand, beispielsweise des Gebisses.

„Solche Trachtenmoden trägt man doch nur in ganz bestimmten Kreisen."

„Und das berechtigt Sie Ihrer Meinung nach, in Luisental herumzuschnüffeln? Baron von und zu Yckendorff ist ein Mitglied meines Clubs! Der Mann ist absolut integer!"

Jetzt hatte Jakobsen endlich kapiert! Darum war es ihm also die ganze Zeit gegangen! Er machte gute Miene zum bösen Spiel, widersprach nicht, machte seinen Bückling und verabschiedete sich. Aber es ließ sich nicht leugnen, daß er nun mit noch größerer Neugier die Vorgänge in Luisental unter die Lupe nehmen würde.

Kapitel 15

Bittersüßer Nachtschatten
(Solanum dulcamara)

„Die roten giftigen Beeren und auch die Stengelteile schmekken bittersüß.“

Erich Bockemühl, Das Buch der Waldblumen

Sula von Yckendorff war in ihrem Element. Heute abend sollte das große Ereignis stattfinden. Sie hatte telefoniert, sie hatte Briefe geschrieben an Freunde, Einladungen an wichtige Personen der Gesellschaft verschickt. Alles, was Rang und Namen hatte, würde sich in Luisental einfinden.

„Haben die Güstrows aus Woischenbach eigentlich zugesagt? Wo hab ich denn nur meine Liste? – Frau Gromodka, klingeln Sie bitte einmal bei Frau Meier durch, daß das Gebäck rechtzeitig geliefert wird! Ach, und eh ich es vergesse, in den grünen Salon müssen noch zwei Päoniensträuße! – Nein, wie ich diese Blumen liebe! – So, also, Gräfin Zeitz muß auf einem bequemen Stuhl sitzen, sie hat es im Kreuz. Dabei ist sie noch so jung, aber ich konnte sie ja noch nie ausstehen. Und neben ihr plazieren wir den lieben Hermann. Dr. Hermann Groß, ein schrecklicher Snob, aber genau richtig für Püppi Zeitz. – Rich, was trinkst du da schon wieder, doch nicht am frühen Morgen einen Whisky! – Wo setzen wir den Landrat denn hin? Er ist doch eigentlich keiner von uns, aber manchmal kann er ja sehr nützlich sein. – Rich, hast du Gromodka schon gebeten, die Gartenstühle auf die Veranda zu stellen? – Ach, nun klingelt schon wieder das Telefon. – Ja, bitte! Nein, ich habe jetzt keine Zeit für eine Forsa-Umfrage zum Thema Mülltrennung! Nein, auch nicht in einer Stunde! – Unverschämt, diese Aufdringlichkeit! – Rich, hilf mir doch bitte einmal. Wohin setzen wir denn Onkel Moritz? Er ist doch fast taub und sabbert immer so schrecklich. Welches Ohr ist denn sein besseres? – Um Gottes Willen, die Uhr schlägt elf! Hubsi muß zum Bahnhof! Unsere Verwandtschaft aus Italien! Ausgerechnet heute muß sie uns überfallen!“

Wen er denn nun abholen sollte, hatte ihm seine Tante nicht gesagt. Hubertus hatte keine Augen für die herrlichen Kastanienbäume, die die Straße in die Kreisstadt säumten und gerade in voller Blüte standen. Er ärgerte sich nur über seine Tante, die ihn wie einen Diener herumkommandierte. Er werde überrascht sein über den Gast aus Italien. Sein Porsche lief wie eine eins, er hatte ihn gerade in der Werkstatt in Schwerin überholen lassen. Er beschleunigte auf satte 150 km/h und fragte sich, mit welcher Berechtigung solche lahmen Enten, wie er sie am laufenden Band überholen mußte, die Straße blockierten. Das Pferdekutschenzeitalter war doch längst passé!

„Was, du!"

Er hatte den altmodischen, etwas vernachlässigten Kleinstadtbahnhof in der Rekordzeit von 19 1/2 Minuten erreicht, den Wagen abgestellt und war dann in aller Ruhe auf den Bahnsteig geschlendert. Wer sollte das schon groß sein, den er da abholen würde. Irgendeine unbekannte Verwandte, um zehn Ecken, die ihn bestimmt nicht interessierte. Aber da hatte er sich gewaltig getäuscht.

Was will die denn hier?

„Grüß dich, Franziska, was führt dich in unsere beschauliche Ländlichkeit? Aus dem sonnigen Italien ins kühle Mecklenburg!"

Die hatte ihm gerade noch gefehlt!

„Sei erst einmal umarmt, meine liebe Cousine!"

Auch Franziska war nicht wenig überrascht, als sie ihrem ehemaligen Jugendschwarm Hubertus gegenüberstand. Er war für sie damals der Inbegriff eines schönen, großgewachsenen, heldenhaften jungen Mannes gewesen, und bis sie dahinter kam, daß seine Selbstsicherheit zu laut und sein Mut zu aggressiv waren, war es schon zu spät gewesen. Sie hatte sich restlos in ihn verliebt. Und er hatte sie restlos verletzt. Verloren hatte sie sich damals, verloren an diesen Mann. Je mehr er sie verletzt hatte, je mehr er sie betrog, desto größer war ihr Verlangen geworden – bittersüßer Nachtschatten.

„Nein, meine liebe Franziska, du bist ja deiner Mutter wie aus dem Gesicht geschnitten! Hattest du eine angenehme Reise?"

„Und Hubsi, du bist doch hoffentlich nicht zu sehr gerast?"

Franziska war überrascht. Sie hatte Tante Blanche erwartet. Und statt dessen war da diese laute, schrecklich künstliche Person.

Auf ihre Fragen nach Tante Blanche hatte sie nur ausweichende Antworten bekommen, irgend etwas von einer Weltreise wurde gemurmelt, und dann wurde nur von dem großen Ereignis des heutigen Abends gesprochen. So war sie dankbar, daß ihr Onkel Rich die Sauna angeboten hatte, wo sie sich von der langen Fahrt erholen sollte.

Trotz der großen Hitze, die sie wie eine Wand umgab, mußte sie ständig an das, was sie in Luisental vorgefunden hatte, denken. Mit welcher Berechtigung machten sich Rich, Sula und der Kotzbrocken Hubertus in Tante Blanches Haus so breit?

Und diese tüdelige Tante Nesi hatte vorhin beim Tee auch nur Unsinn von sich gegeben. Tante Blanche hatte ihre Schwägerin nie gut leiden können. Das ‚Baltische Suppenhuhn' hatte sie diese in einer Weinlaune getauft. Wieso waren die jetzt alle hier, und wo war Tante Blanche? War sie wirklich auf einer Weltreise? Das hätte sie ihr doch geschrieben! Plötzlich wurde die Musik, die aus den Lautsprechern in der Holzdecke dudelte, ganz furchtbar laut. Und außerdem wurde es immer heißer in der Sauna. Oder war es die Hitze, die ihr die Musik so laut vorkommen ließ? Franzi guckte auf die Sanduhr, noch eine Minute! Was würde das wohl für ein komisches Großereignis am Abend sein? Tante Blanche hatte immer nur einige ausgewählte Gäste. Ihr waren solche großen Feste eigentlich zuwider.

Puh, ist das heiß, jetzt reicht's.

Oh, Mann, die Tür klemmt! Wieso geht diese blöde Tür nicht auf? Scheiße, mir ist schon schwindelig vor Hitze! Bloß die Ruhe bewahren! Und die laute Musik macht mich wahnsinnig!

„Hilfe!"

Sie wußte nicht, ob das Trommeln von ihren Fäusten oder von der Musik kam. Sie schlug mit allen Kräften gegen die Tür. Irgend jemand mußte sie doch hören! Sie spürte den stechenden Schmerz, als sie mit dem Kopf auf die Holzbank schlug. Und danach nichts mehr!

Kapitel 16

Maiglöckchen

(Convallaria majalis)

„Sommersprossen, das alte Schönheitsproblem, geht man erfolgreich an, wenn man Maiglöckchen bei Sonnenaufgang pflückt und ins Gesicht reibt.“

Esther Gallwitz, Kleiner Kräutergarten

Jakobsen stellte die Kaffeetasse – Meissener Porzellan, wie er mit Kennerblick feststellte – vorsichtig ab.

„Ich muß Ihnen leider immer wieder dieselbe Frage stellen: Wie können Sie sich erklären, daß ausgerechnet in diesem Park eine Tote vergraben wurde? Haben Sie in den letzten Wochen irgend etwas Ungewöhnliches beobachtet? Gab es Streit mit Patienten, gab es Streit mit Angehörigen von Patienten? Wurden in den letzten Wochen Patienten entlassen? Ich habe aus Ihrer Kartei nichts entnehmen können, und ich möchte Ihnen keine Unregelmäßigkeiten unterstellen. Aber könnten Sie nicht etwas vergessen haben? Gibt es nicht irgendwo eine Lücke? Irgend jemand muß die Tote doch sein, Herrgottnochmal! Herr Dr. Brelowski, ich bitte um etwas mehr Kooperation!“

Jakobsen wußte einerseits, daß er auf diesem Wege nichts erfahren würde, andererseits wirkte die Klinikleitung von Eichhorst so sonderbar, daß er sich doch erhoffte, irgendwann einmal einen Schwachpunkt zu entdecken.

Frau Brelowski, die Ehefrau des Leiters, trug über ihrer weißen Berufskleidung eine cremefarbene Fellweste. Ihm fiel die schmale Perlenkette auf. Ebenfalls das smaragdbesetzte Armband. Frau Brelowski war von einer unaufdringlichen Eleganz. Er hätte wetten mögen, daß ihr Friseur in Lübeck, Hamburg, mindestens jedoch in Schwerin zu Hause war. Und wofür das alles? Die Patienten würden es kaum wahrnehmen können. Und daß Herr Dr. vom anderen Geschlecht eher begeistert war, hatten die Recherchen inzwischen ergeben. Aber vielleicht war es das gemeinsame Interesse an schönem Porzellan, das die beiden zusammengebracht hatte.

Er hielt in seinen Gedanken inne und ließ sich bezaubern von dem zarten Duft der Maiglöckchen. Wie schön war dieses Ensemble von filigranem Porzellan und dem Väschen mit den Frühlingsblumen – süß aber giftig!

Eine zweite Frage drängte sich ihm auf, neben dem Wofür: Wovon?

„Chef, darf ich Sie mal kurz stören? Ich möchte Ihnen etwas zeigen! Ich habe etwas gefunden, was Sie interessieren könnte.“

Es war ein wahres Sammelsurium von Gegenständen, das Henri seinem Chef in der kleinen, aus Zweigen und Ästen gebauten Höhle präsentierte: ein zerbrochener Kamm, eine Schirmmütze, diverse Flaschen und Dosen, eine Fahrradpumpe, eine Radkappe und neben noch anderem wertlosem Ramsch ein fast neuer Klappspaten, englisches Fabrikat, wie Henri Bluhm feststellte.

„Mensch, Chef, da sind sogar Initialen drauf! – V. W.“

„Na, da wollen wir mal herausfinden, wem dieser schöne Spaten wohl gehören mag. Ich habe da so eine Idee!“

Henri Bluhm rieb sich die Hände: „Das ist doch endlich mal eine handfeste Spur. Der direkte Weg zum Täter.“

„Ich bin mir da nicht so sicher, Henri, aber wir werden sehen. – Herr Dr. Brelowski, was halten Sie davon?“

„Das kann eigentlich nur von Edgar stammen, er sammelt alles, was er finden kann.“

„Na, dann werden wir ihn mal fragen.“

Kapitel 17

Veilchen

(Viola odorata)

„Die Kinder haben die Veilchen gepflückt,
all, all, die da standen am Mühlengraben.
Der Lenz ist da, sie wollen ihn fest
in ihren kleinen Fäusten haben.“

Theodor Storm

„Hubertus, wo steckst du denn schon wieder? Immer, wenn man ihn braucht, scheint er sich in Luft aufgelöst zu haben. Hubertus, hast du dich um die Kerzenleuchter gekümmert? – Ah, Rich, da treffen schon die ersten Gäste ein, könntest du sie bitte begrüßen! Ich muß noch einmal schnell das Nötigste für den Pausenimbiß mit Frau Gromodka besprechen.“

Die Eingangshalle von Schloß Luisental erstrahlte im Glanz unzähliger Kerzen. Der Raum war erfüllt von dem süßen Duft riesiger Blumensträuße. Auf den hellen Kieswegen zwischen akkurat gemähten Rasenflächen näherten sich die ersten Gäste.

Die Yckendorffsche Flagge mit dem blauen Veilchen auf weißem Grund prangte trotz der goldenen Abendsonne von Scheinwerfern angestrahlt auf dem Dach des zartgelb getünchten Herrenhauses.

Seit einer halben Stunde stand Viola vor ihrem Kleiderschrank. Sie hatte ihr afrikanisches Leinenkleid ausprobiert, aber irgendwie erschien es ihr unpassend. Das Schlabberkleid mit den bunten Blumen aus Indien gefiel ihr noch weniger. Sie wollte individuell gekleidet sein, aber doch passend für den Abend. Erst hatte sie überlegt, mit Jeans und T-Shirt zu kommen, aber das hätte viel zu provozierend gewirkt, und sie wußte, daß man sich in einer Situation, in der man sich sowieso unsicher fühlt, hinter der passenden Kleidung am besten verstecken kann. Und, das mochte sie sich zwar nur sehr schwer eingestehen, sie wollte gerne schön aussehen, sie würde ja Leo wiedersehen.

Aber sie war nicht nur aufgeregt, weil sie Leo treffen würde, die Geschichte von heute nachmittag hatte sie restlos verwirrt und ließ sie weiterhin überhaupt nicht los. Sie hatte, während sie in dem für sie eingerichteten Atelier in Schloß Luisental arbeitete, von unten so ungewöhnlich laute Rockmusik gehört, daß sie irgendwann nicht umhin konnte, nachzuforschen, woher sie kam.

Das Schwimmbad, das direkt unter ihrem Atelier lag, war leer. Die Wasserfläche lag spiegelglatt, und es wirkte gespenstisch hier. Warum, um Gottes Willen, war die Musik so laut?

Zum Glück blickte Viola durch das Fenster der Saunatür, sonst hätte Franziska wohl kaum überlebt.

Die Tür hatte sie nicht gleich aufbekommen, bis sie den Holzkeil entdeckte, mit dem sie von außen blockiert war.

Ohne viele Worte zu verlieren, hatte sie die halb ohnmächtige Frau in ihr Atelier geschafft. Sie waren sich auf Anhieb sympathisch gewesen, und sie erfuhr von Franziska einiges über die Hintergründe derer im Hause von und zu Yckendorff.

Franziska stand am halbgeöffneten Fenster des Westflügels und beobachtete die Ankunft der Gäste. „Wie im Film. Es kommt mir vor, als wäre ich in einem Krimi gelandet. Schade, daß Luca nicht hier ist!“ Die Situation von vorhin steckte ihr noch in den Knochen. Aber irgendwie hatte ihr das Gespräch mit Viola Mut gemacht. Es mußte ein Geheimnis geben in diesem Haus, und das wollte sie jetzt herausfinden.

„Kommen Sie, meine liebe Viola, ich möchte Sie mit einem Freund des Hauses bekannt machen. Herr Dr. Übel, das ist unsere kleine Künstlerin im Haus, sie hat sich unserer Ahnengalerie angenommen, diese muß mal wieder ein bißchen auf Hochglanz gebracht werden.“

„Meine Verehrung, Gnädigste!“

Selten einen so unsympathischen Menschen gesehen, dachte Viola, aber sie machte gute Miene zum bösen Spiel.

„Ah, mein lieber Rich, in welch reizender Begleitung trifft man dich an?“

„Wo ein Acker ist, muß auch gepflügt werden, wie der Landmann sagt.“

Viola hatte heftige Fluchtgedanken, als sie Graf und Gräfin Zierow vorgestellt wurde.

„Nein, was haben Sie für einen interessanten Schmuck, stammt er aus dem Afrikanischen?“

Viola war ein wenig verwundert, daß der Silberschmuck, den ein Freund aus Berlin ihr selbst geschmiedet hatte, so gut ankam, aber zu einer Erwiderung blieb ihr keine Zeit. Die Gräfin Zierow – ... von hinten Lyzeum, von vorne Museum –, dachte Viola, redete sowieso weiter.

„Denk bitte an die Triolen, mein lieber Arturo“, rief Heribert Pabst seinem Begleiter zu, während er sich mit der Fliege abmühte. „Und Deutlichkeit in der Artikulation, mein Freund, auch ein Pianist ist ein Künstler!“

Arturo kannte diese Sprüche inzwischen auswendig und machte sich nichts mehr draus. Vielleicht würde er aber heute bei Mozarts „Abendempfindung“ das Tempo im letzten Drittel so verzögern, daß sein lieber Sängerkollege sich vor Atemnot ins Bläuliche verfärben würde.

„Jeder Motor braucht Benzin, wie meine Schwägerin, Blanche, Gott hab sie selig, zu sagen pflegte.“

Die alte Dame, Tante Nesi, war ohne anzuklopfen in den zur Garderobe umfunktionierten Salon eingetreten, und bot den ein wenig verwirrten Musikern ein Gläschen Wacholderschnaps an. In seiner unnachahmlich charmanten Art lehnte Heribert Pabst das Angebot ab und wandte sich, nachdem die alte Dame das Zimmer wieder verlassen hatte, dem Gespräch über unwichtige Details des Konzertes zu. Arturo hörte nicht zu, er mußte immer an den mit zartblondem Flaum überhauchten Nacken seiner Isabelle denken.

Da ertönte die Glocke, das Konzert sollte beginnen. Unter leisem Geplauder nahmen die Gäste des Luisentaler Hauskonzertes auf den in lockeren Reihen aufgestellten Holzstühlen Platz. Manchmal entstand ein kleiner Stau, wenn Unsicherheit über die vorgesehene Sitzordnung herrschte. Einige Gäste fielen sich noch mit lautem Hallo in die Arme, zwischen Nachbarn wurde geflüstert, geklatscht und über die letzte Jagd oder den letzten Ball gesprochen. Erst, als die Hausherrin vor das Publikum trat, nahm das Raunen langsam ab.

„Meine lieben Gäste! Ich freue mich! Ich freue mich von ganzem Herzen, Sie in unserem Hause begrüßen zu dürfen. Kultur und Landleben – mehr brauche ich nicht zu sagen ... In dieser unserer wirtschaftlich und politisch so schwierigen Zeit kann ich nur wiederholen: Der Mensch braucht Kultur."

Und einen Kulturbeutel, dachte Viola. Sie hatte die ganze Zeit nach Leo Ausschau gehalten, aber er war noch nicht erschienen. Sie mochte es sich ungern eingestehen, aber sie war verärgert und traurig. Der Applaus, der das Erscheinen der Künstler begleitete, riß sie aus ihren Gedanken.

„Ach, ein Glück, da bist du ja, ich habe dir einen Platz freigehalten."

Gleichzeitig mit den Künstlern war Leo noch hereingekommen und setzte sich neben Viola.

Hubertus hatte überhaupt keine Beziehung zu klassischer Musik. Das einzige, was er beobachtete, war, daß der Sänger ein ganz schön lautes Organ hatte. Erstaunlich, dachte er, wenn man bedenkt, daß der Kerl kein Mikrofon benutzt. Daß ausgerechnet Franziska hier auftauchen muß, ist höchst unpraktisch. Ich hab sie damals ein bißchen grob behandelt, wär fast schief gegangen, hätte mich Kopf und Kragen kosten können.

Franzi genoß den Abend. Jetzt hatte sie den Schock vom Nachmittag fast überwunden. Sie fühlte sich in die Zeit zurückversetzt, als Tante Blanche sie in Konzerte mitgenommen hatte. Aber das Publikum des heutigen Abends kam ihr so merkwürdig vor. Waren das alles Tante Blanches Bekannte und Freunde? Oder hatte sie durch die Zeit in Italien nur so viel Abstand gewonnen, daß sie die Menschen anders wahrnahm. Was machte Luca wohl jetzt? Die Klänge von Mozarts „Abendempfindung" verstärkten ihre Sehnsucht, so daß sie schon fast bereute, hierher gekommen zu sein.

Richard von Yckendorff beobachtete das Auditorium. Er selbst nahm nichts von der Musik wahr. Ich würde zu gerne wissen, wie viele Mios hier zusammenkommen, dachte er, wenn man nur einige von den hier versammelten dazu brächte, bei mir zu investieren, wäre ich saniert. Den Maibach werde ich mir in der Pause mal vornehmen. – Wer ist nur der Kerl mit diesem schlecht sitzenden Jackett dort? Sicher billig. Der ist doch keiner von uns. Ach, klar, der Kommissar. Was will der denn schon wieder hier?

„Einsam ging ich jüngst im Haine ...“ Ach, wie schade, daß er die deutsche Übersetzung singt, wie schön klingt doch das französische Original: Dans un bois solitaire et sombre ...

Und trotzdem war Klaus P. Jakobsen bezaubert von der Stimmung dieses Liedes. In einem inneren Glücksgefühl schienen sich alle Bilder, die des Liedes und die der Wirklichkeit, miteinander zu vermischen. Die Begegnung der Spaziergängerin mit dem schlafenden Amor im Wald verschmolz mit seinen eigenen Walderlebnissen der letzten Tage zu einer surrealen Bilderflut. Wenn er sich dann auch noch vorstellte, daß Heribert Pabst – vielleicht in Frauenkleidern? – sich dem schlafenden Amor näherte, hätte er beinahe laut lachen müssen. Aber er verscheuchte diesen Gedanken schnell, um sich wieder von der Musik gefangen nehmen zu lassen.

Diese Töne mit ihrer inneren Logik und Klarheit öffneten sein Unterbewußtsein und ließen es arbeiten. Nicht, daß er glaubte, den Fall jetzt ganz schnell lösen zu können, aber unter der Oberfläche formten sich manche Gedanken und Zusammenhänge neu. Er hatte die Augen geschlossen und träumte von der Wildterrine, die ihm von der Hausherrin als Pausenimbiß angekündigt worden war. Und als jetzt das „Veilchen“ erklang, war er vollends hingerissen von der schlichten, fast volksliedhaften Schönheit der Musik, die ihm so sehr dem Goetheschen Text zu entsprechen schien.

„Ein Veilchen auf der Wiese stand,
gebückt, in sich und unbekannt,
es war ein herzigs' Veilchen.“

Wie ein Juwel kam ihm dieses Lied vor. Da spürte er plötzlich eine Unruhe im Raum und öffnete vorsichtig die Augen.

Er sah gerade noch, wie die junge Frau, der er im Wald begegnet war, keinesfalls unattraktiv, hatte er damals gedacht, überstürzt den Raum verließ. Was war denn nur los, jetzt stürzte noch jemand hinterher, so schlecht sang er doch nicht, der Tenor, gewiß, ständig zu tief, aber das konnte man doch überhören.

Es fiel niemandem auf, daß der Kommissar den kleinen glänzenden Gegenstand, der vor ihm lag, aufhob.

Da ertönte Applaus. Pause.

Kapitel 18

Fingerhut

(Digitalis purpurea)

„Der Fingerhut ist eine Giftpflanze und enthält eine ganze Reihe von Herzglykosiden. Die Herzwirksamkeit seiner Inhaltsstoffe wurde erst 1775 durch den englischen Arzt William Withering bekannt."

Heinz-Dieter Krausch, Kaiserkron und Päonien rot ...

Die Luft draußen war kälter, als sie erwartet hatte, oder war es die Angst, die sie frieren ließ? Sie brauchte eine Ewigkeit, um das Schlüsselloch zu finden. Das Auto fühlte sich kalt und naß an. Außerdem hatte sie wie immer überhaupt nicht abgeschlossen.

Trotz ihrer Angst fiel ihr auf, wie laut die Vögel noch sangen. Der Anlasser seufzte, hoffentlich war die Verteilerkappe nicht zu feucht geworden. Dann würde er gar nicht anspringen.

Oder hatte ihr Schrauber aus Hamburg etwa das Standgas zu niedrig gedreht, um die Automatik zu schonen? Wie oft hatte sie auf diese Scheißkarre geflucht, aber wenn sie erst mal lief, war alles vergessen. Endlich, das Auto sprang an!

Plötzlich klopfte jemand an die Autoscheibe.

„Ich glaube, du brauchst Hilfe, darf ich einsteigen?"

Viola hätte vor Erleichterung fast losgeheult, aber dazu blieb jetzt keine Zeit. Franziska war genau im richtigen Moment gekommen. Schnell verließen sie Luisental, nur weg, egal in welche Richtung.

„Vielleicht bilde ich mit ja alles nur ein, aber ich habe mich von Hubertus so aggressiv beobachtet gefühlt, daß ich es nicht mehr aushalten konnte, ich mußte einfach raus! Daß du heute nachmittag in der Sauna eingesperrt warst, ist bestimmt kein Zufall."

„Aber warum", fragte Franziska, „was soll das alles, ich verstehe überhaupt nichts."

„Vielleicht hängt das alles mit dem zusammen, was mir passiert ist. Ich hätte einfach sofort zur Polizei gehen sollen. Aber ich war zu feige, und ich hatte Angst. Scheiße, Franziska, ich glaube, ich habe totalen Mist gebaut."

„Erzähl doch mal, ich weiß überhaupt nicht, wovon du sprichst."

„Es ist schon einige Wochen her, ich wollte Seidelbast holen aus dem Park von Eichhorst. Für meine Gartensammlung. Es war der gräßlichste Moment meines Lebens! Die Hand! Fast jede Nacht träume ich davon. Ich hätte zur Polizei gehen müssen. Vielleicht wäre der Mörder längst gefunden, wenn ich ... Oder hat er mich gesehen und glaubt, ich hätte ihn gesehen? Oh, Gott, Franziska ...“

„Nun red doch endlich mal Klartext!“

„Ganz einfach, ich habe eine Leiche gefunden, einen Ring, der daneben lag, an mich genommen, meinen Spaten dort verloren und mich nie gemeldet.“

„Oh, nein, und wer war die Tote?“

„Ich glaube, das weiß man immer noch nicht. Eine alte Frau aus besseren Kreisen, stand in der Zeitung. Glaubst du, daß man mich wegen des Spatens vielleicht verdächtigen könnte?“

„Das ist doch jetzt völlig egal, das Wichtigste ist doch, daß der Mörder nicht hinter dir her ist.“

Automatisch hatte Viola den Weg zum Strand gewählt. In der Dämmerung wirkte der alte Grenzwachturm, der völlig verrostet neben der kaputten Militärkaserne vor sich hin rottete, gruselig. Sie parkten ihr Auto auf dem Strandparkplatz und stiegen aus.

Franziska merkte, daß sich Violas Anspannung noch immer nicht gelöst hatte, während sie den schmalen Weg zum Strand hinuntergingen. Sie spürte den Sand zwischen ihren Zehen, er fühlte sich schon abendlich kühl an. Die Ostsee lag spiegelglatt im letzten Abendlicht. In der Ferne am gegenüberliegenden Ufer blinkten erste Lichter. Franziska wunderte sich, daß sie das alles wahrnahm, obwohl sie doch eigentlich mehr wissen wollte von Viola. Sie hatte das eigenartige Gefühl, daß es auch sie betraf. Aber sie wollte Viola nicht drängen.

Nachdem sie einige Minuten schweigend am Wasser entlanggelaufen waren, faßte Viola sie plötzlich am Arm.

„Es ist verrückt, Franziska, aber alle Wege führen nach Luisental. Ich habe dir doch von dem Ring erzählt, den ich in der Nähe der Toten gefunden hatte. Ich habe ihn ja eingesteckt, einfach behalten. Und ich hatte immer das Gefühl, ihn gestohlen zu haben. Ich habe diesen Ring gestern wiedergesehen. Auf einem Gemälde, einem Portrait einer sehr schönen Frau. Dieses Bild hängt nicht in der Ahnengalerie. Ich bin per Zufall darauf gestoßen. Verflucht, ich muß ihn verloren haben."

Sie hatte in der Hosentasche ihres Leinenanzugs nach dem Ring gesucht, hatte ihn extra mitgenommen, um ihn Franziska zu zeigen, fand ihn aber nicht.

„Ich muß ihn im Konzertsaal verloren haben."

Franziska und Viola hatten nicht die sieben oder acht Gestalten bemerkt, die plötzlich vor ihnen standen. Glatzen, Bomberjacken, Stiefel. Bierflaschen in der Hand.

„Heil", brüllte der eine, „was wollen die beiden Fotzen hier?"

Einer baute sich vor Viola auf, so nah, daß sie seinen Atem, der nach Nikotin und Bier stank, deutlich roch.

„Na, heute schon gewuppt?"

Dabei schlug er ihr mit dem Zeigefinger leicht unter die Nase.

„Seit wann interessierst du dich für Lesben, Denis, reich mir lieber ein Bier rüber."

Heilfroh, noch einmal davon gekommen zu sein, traten Viola und Franziska den Rückzug an.

Es war dunkel, als sie endlich das Auto erreichten und erleichtert einstiegen.

„Mann, sind die primitiv, aber wohl eher harmlos."

„Laß uns trotzdem hier wegfahren."

„Warte noch, ... wie sah der Ring eigentlich aus, kannst du den beschreiben?"

„Ein oval geformter Siegelring mit einem eingravierten Wappen drauf."

„Hast du das Wappen erkennen können?"

„Ja, natürlich, ein Veilchen, vielleicht habe ich ihn deshalb behalten."

„Kannst du dich an die Farbe von dem Stein erinnern?"

„Ja, ich habe ihn ja eben noch in den Händen gehabt. Es war ein Lapislazuli, wunderschön blau, und drumherum ein Kranz von glitzernden Brillanten. Ein unheimlich schöner Ring. Ich mochte ihn nicht mehr hergeben, wie Gollum im Herr der Ringe."

Sie merkte gar nicht, daß Franziska neben ihr leise vor sich hin weinte.

„Ich weiß, wem der Ring gehörte, es ist völlig klar, jetzt verstehe ich alles."

Plötzlich wurden sie von Scheinwerfern geblendet, die direkt auf sie gerichtet waren. Gegen den dunkelblauen Horizont zeichnete sich die schwarze Silhouette eines schweren Geländewagens ab, der direkt auf ihr Auto zuhielt.

„Du, Viola, der ist wegen uns hier, der verfolgt uns! Los, schnell, mach die Karre an!"

„Ja ja, ich versuch's ja schon! Ich fahre da rein, da ist ein Weg, der direkt an der Küste langführt, der ehemalige Kolonnenweg. Früher wurde der nur vom Militär genutzt."

Mit aufheulendem Motor verließ Viola den Parkplatz. Die schmale Straße, die nur aus zwei Betonspuren bestand, verlief schnurgerade, immer parallel der Küste entlang.

„Viola, meinst du nicht, wir sind jetzt hysterisch? Vielleicht hat dieses Auto gar nichts mit uns zu tun, vielleicht sitzt da nur ein harmloses Liebespaar drin?"

„Nein, nicht in dem Wagen. Außerdem werden wir es ja merken, wenn er auch auf den Kolonnenweg abbiegt."

Plötzlich kicherte Viola: „Hier ist die Stelle, wo ich letztes Jahr wunderschönen Fingerhut gesehen habe. Das ist total selten, daß so etwas in der freien Natur wächst. Letztes Jahr ist mir hier so etwas Komisches passiert ..."

„Mensch, Viola, spinnst du jetzt? Paß lieber auf, ob uns der Wagen folgt."

„Oh, Gott ... „

Tatsächlich war der Geländewagen auch auf den Kolonnenweg abgebogen und näherte sich beständig, obwohl Viola aus ihrem Auto das letzte rausholte. Der Wagen klapperte und ächzte, als Viola über die Schlaglöcher mehr sprang und hüpfte als fuhr.

„Gib Gas, der Pickup kommt ständig näher!“

„Geht nicht, die Karre bricht uns sonst auseinander!“

Viola konnte nur noch schreien, so laut waren die Fahrgeräusche und das Vibrieren der Heckklappe geworden. Aber ihr war sowieso nach Schreien zumute.

Plötzlich ein Knall, darauf ein ohrenbetäubendes Dröhnen.

„Die Karre zieht nicht mehr, Franzi, was soll ich machen? Wir werden immer langsamer.“

„Das war der Auspuff.“

„Wir müssen hier raus, anders kommen wir nicht mehr weg. Los, halt an, wir schlagen uns in die Büsche.“

Viola verließ den Weg und zwängte das Auto mitten in ein Gestrüpp aus Weiden und Schlehdorn.

„Au, Scheiß-Dornen!“ Die beiden Frauen rannten weg so schnell sie konnten. „Runter“, schrie Franziska. Sie warfen sich ins hohe Gras. Einige Augenblicke, die ihnen wie eine Ewigkeit erschienen, verharrten sie reglos.

„Der fährt vorbei!“

„Mann, ich glaub’s nicht! War das knapp!“

„So, jetzt gehen wir, so schnell wie können, zurück zum Parkplatz. Dort wird uns schon irgend jemand helfen.“

Sie gingen eine Zeitlang schweigend nebeneinander her. Es war unglaublich still. Man hörte nur das monotone Brummen einer Fähre. In der Ferne ging die schmale Sichel des Mondes orangerot auf. Es duftete betäubend nach Geißblatt und nach feuchter Erde, und ein Sprosser sang sein nächtliches Lied.

„Sag mal, was spielt eigentlich der Verwalter, dieser Dr. Dornfeld, für eine Rolle? Kennst du den?“

„Ach, der ist nett.“

Wie gut, daß es so dunkel war und Franziska ihr Erröten nicht sehen konnte.

„Guck mal, da hinten kommt schon die Brücke, wir müßten gleich am Parkplatz sein."

„Pssst, hörst du nichts? Sei mal still! Es hat doch geknackt!"

„Komm, Viola, nun hör doch auf mit deiner Angst. Hier gibt's doch überall Tiere, Rehe, Igel, Frösche und vielleicht auch mal ein Wildschwein, aber die tun nichts."

„Nein, es hat wirklich geknackt, direkt vor uns, das war kein Tier."

Viola witterte die Gefahr. An diesen Moment würde sie sich noch Jahre später erinnern. Die Angst kroch in ihr hoch und nahm den ganzen Körper gefangen. Sie vermochte kaum noch einen Fuß vor den anderen zu setzen, wie gelähmt waren ihre Beine, sie gehorchten ihr kaum noch. Und doch ging sie weiter wie von einem unsichtbaren Faden gezogen. Sie sah Franziskas bleiches Gesicht aus dem Augenwinkel. Warum war sie so ruhig, hatte sie etwas mit der Sache zu tun? Hatte sie ihr zu viel erzählt? War das alles Täuschung gewesen? Der Anschlag und die Nähe?

Er wartete. Er konnte warten. Mit Geduld war jedes Wild zu fangen. Er wußte, wie man Fallen legte. Man mußte die Beute in Sicherheit wiegen, um dann im rechten Moment zuzuschlagen.

Wie gerne hätte er eine richtige Falle für die beiden gebaut. Aber alles war so überstürzt gegangen. Die da oben hatten ihm gar keine Zeit gelassen. „Fahr hinterher, bring sie zurück", hatte es nur geheißen. Er war Spezialist für Fußfallen. Wie gerne hätte er die beiden zappeln sehen. Auch in der Sauna hätte er so gerne durch die Scheibe geguckt. Er wollte sie ja gar nicht lebendig rösten, nur ein bißchen zappeln sehen, dann hätte er sie wieder rausgelassen. Aber die andere Zicke war ihm zuvorgekommen.

An seinen freien Tagen jagte er alles, was kreuchte und fleuchte. Nicht zum Essen, nein, nur zum Sterben-Sehen. Der

Moment, bevor die Augen brachen, erregte ihn mehr, als jede Frau es je getan hatte. Bei Menschen hatte er das noch nie ausprobiert, aber es könnte ja noch kommen.

Wenigstens den Draht hatte er noch spannen können. Es war zwar nur eine provisorische Falle, aber sie würde ihren Zweck erfüllen, da war er sich ganz sicher.

Es ging alles so schnell, daß Viola hinterher nicht mehr wußte, was zuerst passiert war. Sie hatten geschrien, als sie zu Boden stürzten, es war so unerwartet geschehen.

Und dann stand er über ihnen mit gezogener Waffe. Wie ein Jäger, der dem Wild den Todesschuß versetzt.

Und dieser entsetzliche Gesichtsausdruck! Verrückt, erregt, besessen. Aber er tat ihnen nichts. Er forderte sie nur auf, mitzukommen.

Kapitel 19

Flieder

(Syringa)

„Weißer Flieder
Naß war der Tag, die schwarzen Schnecken krochen,
Doch als die Nacht schlich durch die Gärten her,
Da war der weiße Flieder aufgebrochen,
Und über alle Mauern hing er schwer.
Und über alle Mauern tropften leise
Von bleichen Trauben Perlen groß und klar,
Und war ein Duften rings, durch das die Weise
Der Nachtigall wie Gold geflochten war.“

Börries Freiherr von Münchhausen

Es war Pause. Klaus P. Jakobsen verließ in Gedanken versunken den Musiksalon, er ließ sich mit den anderen Gästen treiben.

Wie die alle ans Büffet hetzen! Als wären sie halb verhungert. Er wußte, daß jetzt irgendwas passieren würde. Irgend etwas liegt in der Luft. Unvermittelt blieb er stehen, um sich das linke Schuhband zuzuschnüren. Aber das wurde ihm zum Verhängnis: Er spürte plötzlich etwas Kaltes in seinem Nakken, naß und kalt.

„Um Gottes Willen, was machen Sie denn da unten auf dem Parkett? Sie hätten mich beinahe zu Fall gebracht. Schade um den guten Champagner!"

Jakobsen rappelte sich auf, um sich bei der Dame zu entschuldigen, aber die war schon im intensiven Gespräch mit Gräfin soundso weitergezogen.

Jakobsen versuchte, aus dem Gedränge rauszukommen und verzog sich in einen Erker, der von einer riesigen Vase mit weißem Flieder beherrscht wurde.

„Was machen Sie eigentlich hier, Kollege Jakobsen, die Ermittlungen gehen nicht voran, und Sie vergeuden Ihre Zeit mit Konzertbesuchen? Oder sollten Sie etwa dienstlich hier sein? Ich habe Ihnen doch gesagt, daß es hier nichts zu ermitteln gibt. Diese Familie ist absolut integer."

Jakobsen sah das leuchtend rote Gesicht seines Chefs, das im Kontrast zu der blassen Cremefarbe des Flieders doppelt glänzte. Er wunderte sich, wie man gleichzeitig den zarten Hauch der Pflanze und das sicher sehr teure, starke Parfum seines Chefs wahrnehmen konnte. So unvermittelt, wie er erschienen war, verschwand Brüsewitz wieder in der Menge. Jakobsen konnte gerade noch hören, wie der Hausherr ihn herzlich zu einem Glas Champagner einlud.

Jakobsen war in einem Zustand höchster Erregung. Er fühlte sich seinem Ziel sehr nahe. Äußerlich schien er ruhig.

Aber er wußte, daß es nur noch weniger Details bedurfte, um den Fall der Toten von Eichhorst zu lösen. Der Kommissar fühlte sich wie eine Schaltzentrale, in der alle Informationen zusammenliefen, um miteinander verknüpft zu werden. Daraus würde sich dann das Bild des gelösten Mordfalls ergeben. Die vielen kleinen Schritte, die aus dieser Intuition dann ein plausibles Gefüge machten, folgten meistens ganz von selbst.

Aber zunächst suchte er nach den Personen, die das Konzert mittendrin verlassen hatten, fluchtartig, wie es ihm vorgekommen war. Wo waren die beiden jungen Frauen? Sie schienen nicht hier am Buffet zu sein. Auch der Neffe des Hausherrn, dieser unsicher-arrogante Schnösel, war unsichtbar. Und dann war da noch der Ring, den er jetzt vorsichtig aus seiner Jackettasche zog. Er hielt ihn in der leicht geöffneten Hand. Ein zarter Damenring, geschmackvoll gearbeitet und sicher sehr wertvoll. Er verstand wenig von Juwelen, er mußte an die Frau von Dr. Brelowski, dem Eichhorster Chefarzt, denken. Vielleicht sollte er sie zu diesem Ring befragen; aber irgendwie schienen ihn die Wegweiser in diesem Fall in eine andere Richtung zu deuten.

Als die Glocke das Ende der Pause verkündete, schloß sich Hauptkommissar Klaus P. Jakobsen nicht dem Publikum an, um wieder den Konzertsaal zu betreten, sondern verharrte in seiner Deckung, um dann, an den Angestellten vorbei, zunächst den Weg zur Toilette einzuschlagen.

Er wußte, daß das, was er jetzt tun würde, inakzeptabel war, aber sein untrüglicher Instinkt sagte ihm, daß in einem der vielen Räume dieses großen Hauses ein Hinweis versteckt sein müßte, der ihn weiterbrächte. An der Toilettentür stieß er mit einem sehr beleibten älteren Herrn zusammen.

„Nun aber Beeilung, der Hahn ist noch nicht erlegt. Hab ja nichts übrig für dieses Gekrähe, aber was tut man nicht alles für die liebende Gattin!“

Nach einem kurzen Moment vergewisserte sich Jakobsen, daß auf der Treppe nach oben Ruhe herrschte. Er versuchte, sich leicht zu machen, als er die knarrenden Eichenstufen, die mit einem dunkelroten Läufer belegt waren, hinaufschlich. Er wandte sich nach links.

Am Ende eines nur von einer kleinen Messinglampe erleuchteten Ganges, an dessen Wänden eine Unzahl von Portraits hingen, sah er durch eine halbgeöffnete Tür einen schwachen Lichtschimmer. Hoffentlich begegnet mir jetzt niemand!, dachte Jakobsen, wie gut, daß überall hier Teppiche liegen! Vorsichtig näherte er sich der Tür, die von schweren Portieren umrahmt war.

Der Lichtschein war unregelmäßig, und jetzt vernahm Jakobsen ein Geräusch. Er konnte es nicht einordnen. Es mußte jemand in dem Raum sein! Durch einen Spalt zwischen den Samtvorhängen konnte er einen Teil des Raumes wahrnehmen. Er sah glänzendes Parkett, in dem sich ein Kaminfeuer zu spiegeln schien. Komisch, dachte Jakobsen, bei so einem Wetter macht man doch den Kamin nicht mehr an!

Jetzt sah er plötzlich Hosenbeine und Lackschuhe, die den kleinen Ausschnitt, den er sehen konnte, durchquerten. Was geht hier vor? Was macht der Mann? Er schien gerade wieder einen Holzscheit aufs Feuer geworfen zu haben, denn es flakkerte erneut kräftig auf.

Wenn ich nur sehen könnte, wer da in dem Zimmer ist, dachte Jakobsen. Plötzlich spürte er, daß sich die Schritte in seine Richtung bewegten. Scheiße, in solche Situationen kommt doch nur Sherlock Holmes. Er quetschte sich hinter den Vorhang und hörte auf zu atmen ... Amen, das ist das Ende! Wenn das Brüsewitz mitkriegt, bin ich meinen Job los. Aber es kam zum Glück anders.

Der Lackschuhbesitzer stürmte aus dem Zimmer, ohne daß Jakobsen sehen konnte, wer es war. Na, da bin ich ja gerade nochmal davongekommen! Aber wissen, was er da getan hat, möchte ich jetzt doch.

Vorsichtig betrat er den Raum, und sein erster Blick fiel auf den Kamin. Natürlich, der seltsame Geruch! Das war kein Holz, was darin verbrannt worden war! Jakobsen hastete zum

Kamin und versuchte, mit dem Schürhaken etwas von dem, was da verbrannte, herauszuholen.

Das war das Puzzleteil, das ihm gefehlt hatte. Jetzt hieß es nur noch warten.

Kapitel 20

Seerosen

(Nymphaea alba)

„Die europäische Seerose, Nymphaea alba, soll ihren Namen nach einer Nymphe haben, die aus unerwiderter Liebe zu Herakles starb. (...) Sie galt den Alten als ein Symbol der Keuschheit, und Samen und Wurzeln waren daher im Mittelalter Speise der Nonnen und Mönche.“

Marianne Beuchert, Symbolik der Pflanzen

Mittlerweile hatten die letzten Gäste Luisental verlassen. Auch die Künstler hatten, zufrieden mit ihrem Erfolg, immerhin waren zwei Zugaben erklatscht worden, ihre Anzüge auf der Ablage ihres Autos verstaut und waren unter lautem Hallo vom Hof gerauscht.

„Welch ein herrlicher Abend, wenn er nur nicht unter einem so ungünstigen Stern stünde."

Die unzähligen Kerzen im Saal waren gelöscht, im Raum hing noch der Duft von schwerem Parfum.

„Frau Gromodka, Sie können jetzt gehen, der Abwasch kann bis morgen warten."

Sula hakte sich bei ihrem Mann unter und fegte mit ihrem Handrücken ein Stäubchen von seinem Revers.

„Was gibt es so Wichtiges zu besprechen, Rich, kann es nicht auch bis morgen warten?"

Richard von Yckendorff befreite sich mit einer Gebärde des Unwillens von seiner Frau.

„Nein, auf keinen Fall, ich muß euch alle sofort sprechen. Wir sehen uns in drei Minuten in der Bibliothek."

„Ich erscheine ein wenig später, ich muß das Gemixte noch Gassi führen."

Tante Nesi huschte durch die Eingangstür und hatte dabei eine gewisse Ähnlichkeit mit einem Wiesel.

Rich ging nervös in der Bibliothek auf und ab. Er hatte sich eine Zigarette angezündet und sog heftig an dem goldenen Mundstück. Zu Hubertus gewandt sagte er:

„Die Situation ist prekär. Siehst du einen Ausweg?"

„Rich, denk an dein Herz und hör sofort mit diesem Unsinn auf, der Doktor hat dir das Rauchen streng verboten."

„Meine liebe Tante Sula, im Gefängnis wird dein Mann dazu sowieso keine Gelegenheit mehr haben."

„Um Himmels Willen, was hat denn das Rauchen mit dem Gefängnis zu tun, oder wird man dafür inzwischen schon eingesperrt? Ach, ehe ich's vergesse, wo sind denn unsere beiden jungen Frauen, sie müßten doch eigentlich auch bei unserer Zusammenkunft erscheinen?“

„Sie wissen alles, Sula, verstehst du, sie wissen alles, sie haben den Ring.“

„Um Gottes Willen!“ Sula sank erbleichend auf den Brokatsessel. „Und was tun wir jetzt? Hubertus, sag doch was!“

„Ich habe Vorkehrungen getroffen, sie unauffällig zu beseitigen. Ich habe den Dornfeld, gleich, als er rausgerannt kam, zum Sühnestein geschickt, damit er nicht den beiden Zicken folgen kann. Da war ein Anruf, ein angefahrener Bock. Ich habe ihm meine Waffe gegeben. Darauf sind dann seine Fingerabdrücke, verstehst du?“

„Und Gromodka ist unterwegs. Er verfolgt ihre Fährte.“

„Aber ich glaube, Hubertus, du schießt übers Ziel hinaus, wir müssen erst einmal erfahren, was die beiden wirklich wissen. Und dann wäre mir ein sauberer Unfall wesentlich lieber.“

In der darauf folgenden Stille öffnete sich plötzlich die Tür, und Nesi kam herein.

„Nein, wie schwül es draußen geworden ist, ich glaube, es gibt heute noch ein Gewitter, mein armes Hundchen ist ganz kurzatmig. Aber was herrscht denn hier für eine Grabesstille, seid ihr denn gar nicht fröhlich?“

In diesem Moment blähte ein Windstoß die Gardine vor dem halbgeöffneten hohen Fenster der Bibliothek und ließ den Fensterflügel mit einem lauten Krach zuschlagen. Kurz darauf zuckten erste Blitze über den dunklen Abendhimmel.

„Wo bleibt denn Gromodka bloß, er müßte doch allmählich hier sein? Hoffentlich sind sie ihm nicht entwischt.“

„Siehst du, Rich, ich habe immer gesagt, du sollst diesem Menschen nicht so blindlings vertrauen. Wir hätten uns nach dem unseligen Vorfall gleich von ihm trennen müssen.

Und was machen wir jetzt mit Nesi, die wieder einmal nichts versteht?“ setzte Sula fort. „Sie wird noch alles ausplappern.

Ach, um Gottes Willen, da kommen ja unsere beiden Delinquentinnen. Wie schade, daß sie ausgerechnet den Ring finden mußten, sonst hätten wir sie ja laufen lassen können."

„Halt den Mund, Sula, du machst alles nur schlimmer!"

Mit einer Handbewegung bedeutete Rich den beiden jungen Frauen, auf dem Sofa Platz zu nehmen. Gromodka postierte sich mit vorgehaltener Pistole hinter ihnen.

„Was fällt Ihnen eigentlich ein, so mit uns umzuspringen? Sie glauben doch nicht, daß Sie sich so aus der Schlinge ziehen können."

„Sei still, Viola, ich habe immer gewußt, daß mindestens Hubertus ein brutaler Mensch ist, und der Apfel fällt nicht weit vom Stamm. Aber daß euer Übergriff ernste Konsequenzen haben wird, ist euch doch wohl klar", setzte Franziska fort. „Was soll das überhaupt? Warum hat uns dieser unangenehme Mensch mit seinem fauligen Mundgeruch unentwegt verfolgt? Und was fuchtelt er da mit seiner Waffe herum?"

„Tu doch nicht so unschuldig, du weißt genau, was wir von euch haben wollen."

Hubertus gab ein Zeichen, und sofort legte Gromodka das kalte Eisen seiner Waffe in Franziskas Nacken.

„Und wenn wir es haben, müssen wir uns leider von euch trennen."

„Ach, dann solltet ihr vorher aber noch ein kleines Bad im Pool nehmen. Wenn man eine Reise antritt, ist das doch immer die beste Erfrischung. Aber ist das nicht ein wenig spät, um noch aufzubrechen?"

Tante Nesi schien immer noch nichts verstanden zu haben.

„So, jetzt aber Schluß mit dem Gerede, Frau Wegener, geben Sie mir sofort den Ring."

Rich wirkte entschlossen und zu allem bereit. Es lag etwas Forderndes in seinem Ton, und spätestens jetzt wußten Viola und Franziska, daß das hier kein Spielchen war.

„Das war der einzige Fehler, den wir gemacht haben. Wir hätten ihr den Ring abziehen müssen. Wir haben ihn einfach übersehen. Und er ist die einzige Spur, die hierher führt.

Alles war auf dem besten Wege. Nur ein paar kleine, dumme Kunstgegenstände hätten noch verhökert werden müssen, und wir wären über den Berg. Aber die Alte hat über jede einzelne Sache Buch geführt, alles hat sie mitbekommen: eine Statue aus der Ming-Zeit, so und so viel, ein Gemälde von Corrodi, so und so viel ... und erst nach einem Jahr hat sie uns vorgerechnet, was wir ihr schuldig sind.

Es gab da ein Gerangel, Hubertus hat dem Rollstuhl einen Schubs gegeben, ich habe versucht, ihn zu halten, aber es ging alles so schnell, und da rauschte sie schon die Treppe runter. Was mußte sie auch immer mit diesem alten klapprigen Gefährt in den Gängen rumfahren, wo sie sich doch nur den Fuß verstaucht hatte! Als sie da unten tot lag, gab es nur eine Möglichkeit: Die Leiche mußte verschwinden. Wir wollten sie im Kamin verbrennen, aber das klappte nicht. Also haben wir sie anders verschwinden lassen und gestreut, daß sie auf Weltreise gegangen ist. So, und nun zu euch."

In diesem Moment erklang das „Veilchen".

Es klang stümperhaft, was da aus dem Nebenraum ertönte. Man sah förmlich den Finger, wie er sich auf dem Flügel die Melodie suchte. Dann Stille. Bevor einer der Anwesenden zu einer Handlung fähig war, öffnete sich die Flügeltür zum Musiksaal.

Mit dem Aufschrei „Mein Gott, das ist ja Blanche" fiel Tante Nesi in Ohnmacht.

Was in den folgenden Minuten geschah, lief so schnell und überstürzt ab, daß es sich kaum schildern läßt.

Das Gesicht unter einem großen Florentinerhut verborgen, eingehüllt in ein rotes Cape, erschien Klaus Peter Jakobsen, in den Rollstuhl der verstorbenen Tante Blanche gekauert, auf der Schwelle des Musiksaales. Das Aufflackern eines Blitzes tauchte den hinter ihm liegenden Raum in ein fahles, unwirkliches Licht. Wie eine Trophäe hielt er den Ring mit dem von Brillanten umgebenen Wappen der Yckendorffs, dem Veilchen aus blauem Lapislazuli, in seiner vorgestreckten Hand.

„Entschuldigen Sie bitte meinen karnevalsgleichen Auftritt, aber dies ist leider keine Komödie.“

In diesem Augenblick geschahen drei Dinge gleichzeitig:

Ein mächtiger Gewitterschlag erschütterte das Haus und ließ es in seinen Grundfesten erbeben, Hubertus sprang auf, Leo betrat durch die Tür zum Speisezimmer den Raum, nach kurzem Flackern erlosch das elektrische Licht.

„Keiner verläßt den Raum“, brüllte Jakobsen in die Dunkelheit und versuchte, den Fängen des Rollstuhles zu entkommen. Aber er hatte sich heillos verheddert, und er stürzte nach vorne, wobei der Rollstuhl auf ihn kippte. Dabei knallte die Sitzfläche so gegen seinen Rücken, daß er vor Schmerz laut aufschrie.

Da peitschte ein Schuß durch den dunklen Raum.

In diesem Moment ging das Licht wieder an.

Es bot sich ein grauenerregendes Bild:

Gromodka lag in seinem Blut. Er hatte aus Versehen sich selbst erschossen. Ein Querschläger.

Sula und Rich hatten die Zeit genutzt: Alle Wertgegenstände, die sie erwischen konnten, hatten sie zusammengerafft und waren gerade dabei, auf allen Vieren den Raum zu verlassen.

Tante Nesi lag in verkrümmter Stellung auf dem Teppich, über und über mit Päonien bedeckt. Sie war bei ihrem Ohnmachtsanfall auf die Bronzekante des Blumentischchens gestürzt und hatte sich das Genick gebrochen.

Hinter dem Sofa kauerten verschwitzt und verheult Viola und Franziska.

Jetzt hatte sich Jakobsen endlich aus seiner Verhedderung gelöst, da ertönte ein grauenvoller Schrei. So schnell es ihm sein schmerzender Rücken erlaubte, rannte er in die Richtung, aus der der Schrei gekommen war, wobei ihm Leo einige Schritte voraus war.

„Komm, Franzi, wir müssen da auch hin!“

Sie betraten kurz hinter dem Kommissar die südwärts gelegene Veranda, die sich an den Speisesaal anschloß.

Als sie den Blicken Leos und des Kommissars, die sich über die Brüstung beugten, folgten, sahen sie den gekrümmten Körper von Hubertus von Yckendorff im Teich zwischen Seerosen liegen. Seine Brust war von einem Metallstab durchbohrt, an dem normalerweise das Boot festgemacht war.

„Wie, Ophelia, nur nicht so schön.“

Kapitel 21

Kapuzinerkresse

(Tropaeolum)

„Allerdings entdecken gerade die Köche die köstliche Pflanze wieder. Denn sie ist eßbar und obendrein heilkräftig. Früher wurden die Blütenknospen in Essig gelegt, als Kapernersatz. Die jungen Blätter, die Blüten und Triebspitzen ergeben einen saftig-scharfen Salat, der seine eigene Würze hat, vom Sinapin, das beim Kauen als ätherisches Senföl frei wird.
Die Kapuzinerkresse ist ein Augenschmaus und eine Leckerei.

Johannes Roth, Gartenlust

„Seit wann wußten Sie eigentlich, daß die Fäden in Luisental zusammenlaufen, Herr Jakobsen?“

Der Kommissar lehnte sich behaglich zurück und blinzelte in die untergehende Sonne.

„Dieser Rucolasalat mit Kapuzinerkresse ist köstlich! Ich könnte glatt noch eine Portion essen.“

„Und der parmigiano gibt dem ganzen die Krone, oder wie sagt man in Deutschland?“ unterbrach Luca den Kommissar.

Sie saßen in entspannter Runde auf der Terrasse des Schloßhotels und feierten gemeinsam Franziskas Erbschaft.

Ihre Großtante Blanche, die keine direkten Nachkommen hatte, hatte Franziska zur Alleinerbin von Luisental gemacht.

„Sag mal, Franzi“, fragte Viola, „wollt ihr nicht auch ein Hotel aus Luisental machen? Natürlich mit italienischer Küche!“

„Ach, ich weiß nicht. Wir wissen noch nicht mal, ob wir hier wirklich leben wollen ... Aber Herr Jakobsen, sagen Sie doch mal? Was hat Sie wirklich auf diese Spur gebracht?“

„Der Kuckuck.“

„Wie bitte?“

Jakobsen wiederholte: „Der Kuckuck!“ Er blinzelte amüsiert in die sprachlose Runde. „Legt sein Ei in fremde Nester. Das hat mich auf die Idee gebracht, daß die Leiche im falschen Park liegt. Sie wissen ja vielleicht, daß ich Hobbyornithologe bin. Apropos, Viola, was haben Sie eigentlich im Wald gemacht, als wir uns so überraschend begegnet sind?“

Viola errötete.

„Dasselbe wie in Eichhorst. Ich habe Pflanzen gesucht für meinen Garten, in diesem Fall Schlüsselblumen.“

„Na, Ihr Spaten liegt in meinem Wagen, den brauchen Sie doch bestimmt noch. Daß Sie die schöne Frau sind, von der Edgar so geschwärmt hat, war mir auch bald klar. Sie hätten uns ganz schön viel Arbeit erspart, wenn Sie uns den Ring gegeben hätten, das muß ich hier doch noch mal sagen.“

Viola errötete noch mehr.

In die darauffolgende peinliche Stille sagte Franziska:

„Hier, wenn du ihn haben willst, schenke ich ihn dir. Er weckt zwar keine besonders schöne Erinnerung, aber irgendwie verbindet er uns doch.“

Sie zog den Ring aus ihrer Tasche und legte ihn vor Viola auf den Tisch.

„Oh, ich weiß nicht, er hat mir so ein schlechtes Gewissen gemacht.“

Zögernd nahm Viola den Ring und steckte ihn an ihren Finger, er paßte wie angegossen.

„Wie für dich gemacht, Viola! Ein Veilchen für das Veilchen.“

„Wem soll ich ein Veilchen verpassen?“ fragte Leo, der plötzlich an ihrem Tisch auftauchte.

„Komm, setz dich zu uns, aber die Vorspeise hatten wir schon, du kommst ja wohl immer zu spät.“

„Tut mir leid. Darf ich mich trotzdem neben dich setzen, Viola?“

Er wartete ihre Antwort gar nicht ab, sondern gab ihr statt dessen einen Kuß.

„Haben Sie eigentlich etwas von Herrn von Yckendorff und seiner Frau gehört, Herr Kommissar?“

„Ja, natürlich, sie haben einen Schweinemastbetrieb in Polen aufgemacht.“ An Franziska gewandt setzte er fort: „Wir konnten den beiden nichts nachweisen. Der Tod Ihrer Tante Blanche war wohl ein Unfall. Oder Hubertus hat nachgeholfen, das läßt sich nicht mehr ermitteln.“

„Aber laßt doch die Toten ihre Toten begraben. Bei den Schweinen sind sie doch gut aufgehoben“, rief Luca aus.

„Apropos, Franzi, das Bild, unser Mönch, hängt beim Bürgermeister von Arezzo. War ein gutes Geschäft für die Kirche. Verrückt, zwei verschwundene Bilder, die nichts miteinander zu tun haben! Und trotzdem haben sie uns alle irgendwie zusammengebracht.“

„Ja das stimmt, Luca, wenn wir nicht so erschöpft gewesen wären von der ganzen Aufregung, wären wir nicht in der Pieve gelandet, und ich hätte nicht mein Sehnsuchtslied gehört. Dann wäre ich jetzt nicht hier."

„Und wenn ich keine Pflanzensammlerin wäre, hätte ich die arme Tante Blanche nie gefunden. Aber schade, daß das Bild von ihr zerstört ist", sagte Viola.

„Und trotzdem hat mir das den entscheidenden Hinweis gegeben", warf der Kommissar ein. „Das einzige, was ich aus dem Kamin ziehen konnte, war die Hand mit dem Ring. – Auf dem Bild natürlich. Welche Ironie des Schicksals!"